$im!
Dinheiro é assunto para crianças!

CB045883

FILHOS MELHORES PARA O MUNDO

Sim! Dinheiro é assunto para crianças

© 2019 by scrittore
© 2019 by Carlos Eduardo Freitas Costa
Coordenação Editorial: Eduardo Ferrari
Concepção e Texto: Carlos Eduardo Freitas Costa
Edição: Rafaela Matias
Projeto gráfico, diagramação e ilustrações: Aline Usagi
Revisão de Texto: Rita Lopes

DADOS INTERNACIONAIS DE CATALOGAÇÃO NA PUBLICAÇÃO (CIP)

C837s	Costa, Carlos Eduardo Freitas Sim! Dinheiro é assunto para criança / Carlos Eduardo Freitas Costa. - São Paulo (SP): Literare Books International, 2019. 13 x 20 cm ISBN 978-85-9455-170-2 1. Consumo (Economia). 2. Crianças - Educação Financeira. 3. Finanças pessoais. I. Título. II. Usagi, Aline. CDD 332.024

Elaborado por Maurício Amormino Júnior - CRB6/2422

---

scrittore
EDITORA SCRITTORE
Rua Haddock Lobo, 180, Cerqueira César • CEP 01414-000
São Paulo, SP • (11) 2107-5111 • www.scrittore.com.br
contato@scrittore.com.br

Literare Books INTERNATIONAL
LITERARE BOOKS INTERNATIONAL
Rua Antônio Augusto Covello, 472, Vila Mariana • CEP 01550-060
São Paulo - SP • (11) 2659-0968 • www.literarebooks.com.br
contato@literarebooks.com.br

Esta obra integra o selo "Filhos Melhores para o Mundo", iniciativa conjunta das editoras Editora Scrittore e da Literare Books Internacional.
www.canguronline.com.br

Esta obra é uma coedição Scrittore Comunicação e Editora Ltda. e Literare Books Internacional. Todos os direitos reservados. Não é permitida a reprodução total ou parcial desta obra, por quaisquer meios, sem a prévia autorização da Editora Scrittore.

O texto deste livro segue as normas do Acordo Ortográfico da Língua Portuguesa
1ª edição, 2019
Printed in Brazil | Impresso no Brasil

Carlos Eduardo Freitas Costa

$im!
Dinheiro é assunto para crianças!

1ª EDIÇÃO
SÃO PAULO, 2019

ILUSTRAÇÕES
Aline Usagi

Índice

Ensinando a ganhar **17**

Ensinando a gastar **39**

Ensinando a poupar **65**

Ensinando a doar **79**

Reflexões para os pais **93**

Dedicatória

SER PAI é uma experiência única. Um processo de aprendizagem contínuo. Um desafio enorme. É ajudar aquele ser que nasce tão indefeso a superar todos os obstáculo sem busca de uma vida plena.

Eu sempre quis ser pai. Sonhava em ter um filho e uma filha. E Deus permitiu que meu sonho se tornasse realidade!

Hoje, posso dizer que a melhor parte, de qualquer um dos meus dias, é ouvir a Maria Eduarda ou o João Pedro chamando pelo "papai". Sou eu quem eles estão procurando. E é em mim que eles buscam proteção. Obrigado, Duda e Janjão, por terem me escolhido para compartilhar a vida com vocês.

Agradeço imensamente à minha esposa, Ana Gabriela, por ter aceitado participar desse meu sonho. Sendo a mãe tão especial que é, me obriga a tentar ser um pai ainda melhor.

Também preciso agradecer ao meu saudoso pai (Costinha) e a minha mãe tão presente (Eliana). São minhas referências. Como eu, acertaram e erraram. Mas sempre buscando pelo melhor caminho.

Costinha, Eliana, Gabriela, Maria Eduarda e João Pedro: este livro é para vocês! Nenhuma linha teria sentido para mim não fosse pela nossa união!

Peço a Deus que nos ilumine em cada passo dessa trajetória.

NÃO HÁ AVENTURA comparável a de educar os filhos. Do mistério revelado pelo nascimento, às surpresas trazidas pela genética – ver nosso melhor e nosso pior espelhados nas crias – , em tudo se impõe o exercício cotidiano de paciência, amor e superação.

Educar é preparar os filhos para o mundo. É saber deixá-los ir, ancorados em seus plenos talentos, sujeitos autônomos, capazes tanto de valorizar as conquistas quanto de sobreviver às derrotas. E porque educar os filhos é prepará-los para a vida, não há como excluir o dinheiro dessa equação. Afinal, para que cresçam independentes, senhores de seus ideais, há que se ensinar às crianças que o dinheiro não é a coisa mais importante do mundo – há uma infinitude de sentimentos e emoções que valem muito mais. De outro lado, há que se ensinar também que, na vida, se não dedicamos ao dinheiro o tempo e a atenção que ele merece, o assunto acaba roubando o espaço que deveria caber àqueles sentimentos tão nobres e emoções elevadas. Ser ético, por exemplo, é muito mais difícil com o cheque especial estourado.

Prefácio

No dia a dia, visando sempre ao longo prazo – sem broncas moralistas, nem ansiedades descabidas –, os pais podem educar os filhos para lidar com o dinheiro. Em um processo que irá tomar cerca de 20 anos, pela palavra e, sobretudo, pelo exemplo, vão tendo a chance de, ao ensinar, muitas vezes poder revisitar e modificar seus próprios hábitos financeiros.

Carlos Eduardo, com doçura de pai e experiência de especialista, traz em seu livro exemplos que certamente irão contribuir para que o leitor se identifique. Com uma linguagem deliciosa, o autor nos recebe em sua casa e, generosamente, partilha as descobertas de sua paternidade. Discutindo o assunto a partir de temas atuais, a cada página o livro demonstra o fundamental: ensinar a lidar com o dinheiro, como em qualquer área da educação dos filhos, é questão de bom senso e afeto.

Boa leitura!

Cássia D'Aquino

NESTE LIVRO, VAMOS falar sobre dois assuntos muito importantes: dinheiro e filhos. Sabemos que o processo de educação vem se tornando mais complexo a cada dia. Muitas são as nossas preocupações: escola, amizades, formação do caráter, iniciação sexual, consumo de drogas, entre tantas outras.

Porém, há uma questão ainda muito pouco abordada nas famílias brasileiras, que é o relacionamento dos filhos com o dinheiro. Em outras palavras, a educação financeira de nossas crianças tem ficado em segundo plano. E isso é preocupante, pois os pequenos têm iniciado o contato com esse mundo cada vez mais jovens e, além disso, eles são muito importantes na vida financeira familiar.

É isso mesmo! Os filhos hoje participam de uma forma direta das nossas finanças. Afinal, estão a todo momento demandando algo. Um brinquedo novo, um lanche no shopping, um filme no cinema. Podemos aproveitar todos esses pedidos para começar a trabalhar as questões do relacionamento deles com o dinheiro. Isso vai ajudar a formar um consumidor mais consciente, gerando impacto positivo na rotina financeira da família.

E o alcance pode ser ainda maior. O grande desejo de todo pai e de toda mãe é ver os filhos encontrarem um caminho na vida e serem felizes. Se eles forem pessoas bem

Apresentação

educadas financeiramente, podemos garantir que será muito mais fácil trilharem o caminho escolhido – independentemente de qual for. Em suma, ao cuidarmos da educação financeira de nossos filhos, também estamos proporcionando a eles a chance de terem um futuro melhor.

Esse trabalho pode ser facilitado tremendamente se utilizarmos situações cotidianas para, pouco a pouco, trabalhar os valores importantes na direção de uma boa educação financeira.

A propósito, sou Carlos Eduardo Costa. Trabalho com educação financeira há mais de 10 anos e já atendi centenas de pessoas. A maior parte delas, insatisfeitas com os resultados de sua relação com o dinheiro, muitas vezes, em virtude de hábitos pouco saudáveis aprendidos quando ainda eram crianças.

Ajudar a mudar esse quadro é minha maior pretensão com este livro. Aqui, vou relatar experiências, compartilhar aprendizados, buscar reflexões. E tenho também interesse próprio, já que, ao lado da minha esposa, Ana Gabriela, tenho o desafio de educar os nossos filhos, Maria Eduarda, de 10 anos, e João Pedro, de 2 anos.

Boa leitura!

Carlos Eduardo Freitas Costa

Os quatro conceitos fundamentais para

ensinar seu filho a lidar com dinheiro

AO PRESTAR CONSULTORIA para pessoas e famílias em seu planejamento financeiro, muitas vezes encontro adultos repetindo um comportamento desequilibrado financeiramente, que teve origem quando ainda eram crianças. A falta da correta formação durante a infância e a adolescência é a razão do surgimento de um adulto totalmente despreparado para lidar com a vida econômica.

Como os pais podem proceder para evitar a repetição desse quadro? Mostrando, ao longo do crescimento dos filhos, os valores que serão importantes para a criação de um bom relacionamento com o dinheiro. Segundo a educadora Cássia D´Aquino, uma das maiores especialistas em educação financeira infantil, com vários livros publicados, o processo de educar uma criança para lidar com dinheiro deve contemplar quatro conceitos importantes: ensiná-la como ganhar, como gastar, como poupar e como doar.

1. Como ganhar

Para ensinarmos como ganhar, temos de mostrar aos nossos filhos os valores do trabalho e da formação. Eles devem entender a importância de, ao longo do tempo, aumentar seus conhecimentos e habilidades. A ação de falarmos sobre o próprio emprego pode ajudar nossos filhos a ganharem essa perspectiva. Mas o que vejo na maioria das vezes, nas palestras que ministro em escolas, são crianças que não têm a menor ideia do que os pais fazem. Certa vez, uma delas me disse que o pai viajava muito. Um coleguinha completou: "Deve ser piloto de avião!". O menino, então, concordou: seu pai devia mesmo ser piloto. Depois, descobri que ele era, na realidade, representante comercial.

2. Como gastar

Ensinar a gastar é ensinar a fazer escolhas. Uma boa oportunidade para isso ocorre quando vamos às compras. Desde muito pequena, levo minha filha ao supermercado. Ela sempre pode comprar uma coisa fora da lista – mas só uma. E a cada dia ela aprende a fazer suas escolhas!

3. Como poupar

Ensinar a poupar é, pouco a pouco, ensinar a diminuir a necessidade do imediatismo que nasce com as crianças. Imediatismo que ajuda na sobrevivência dos primeiros meses e anos de vida, mas que, depois dessa fase, pode ser prejudicial.

4. Como doar

Ensinar a doar é ensinar nossos filhos a serem generosos. E não somente no que diz respeito ao dinheiro, mas também à doação de tempo, de atenção, de talento. Precisamos mostrar que eles têm essa capacidade. Uma boa ideia para começar a fazer isso é incentivá-los a doar periodicamente os brinquedos e as roupas que não usam mais.

Para além desses quatro conceitos básicos, como tudo em educação, o mais importante é o exemplo que os pais dão aos filhos. Não adianta fazer discurso sobre os diversos valores da vida financeira, mas no dia a dia ter uma atitude completamente desequilibrada em relação ao dinheiro. Essa será a imagem que os seus filhos guardarão!

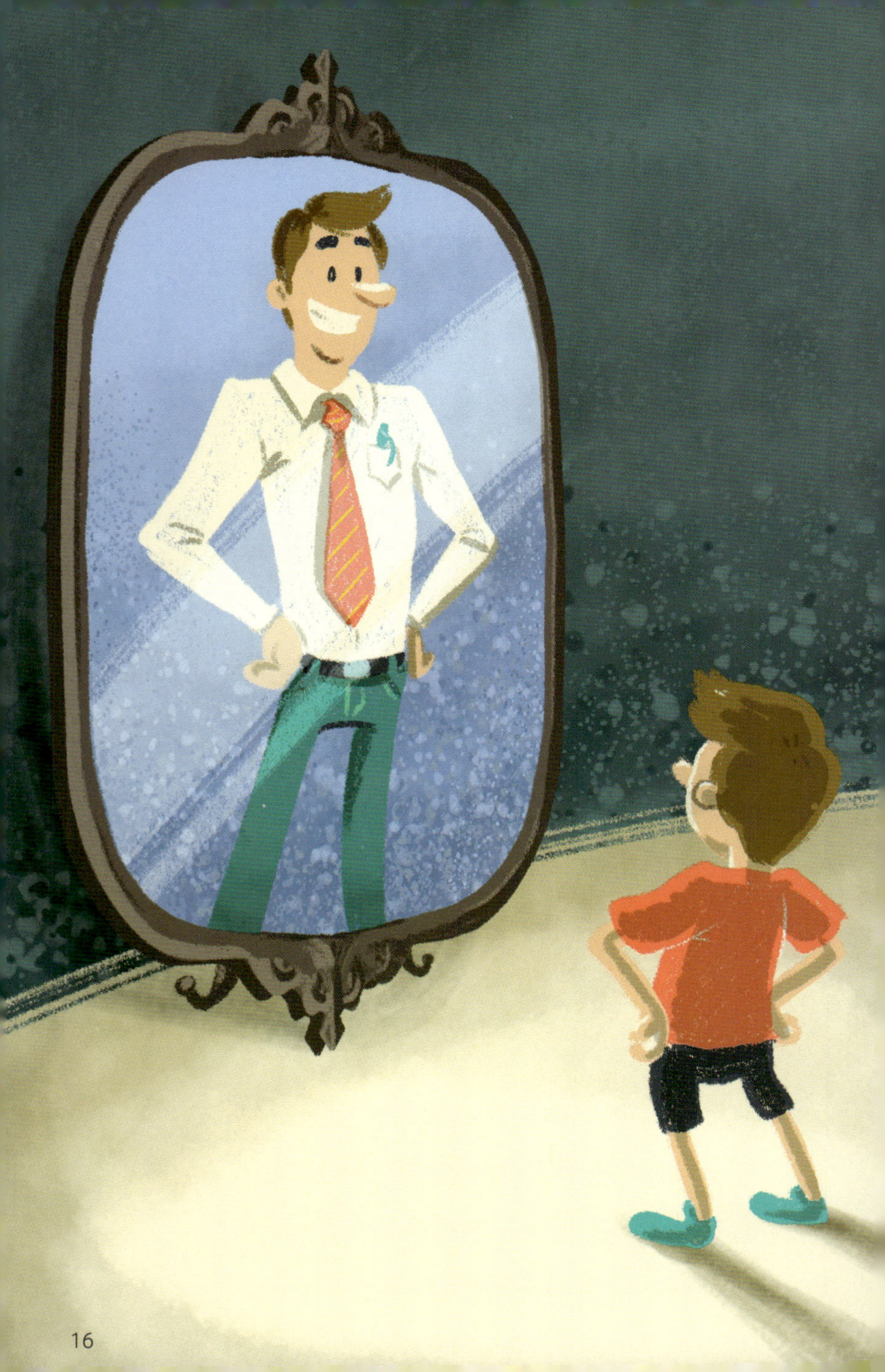

Ensinando a *ganhar*

Ganhando presentes o tempo todo, nossas crianças estão ficando mal-acostumadas

Cada vez mais, nossos filhos estão ficando mal-acostumados, querendo a toda hora ganhar presentes. Antigamente, poucas eram as ocasiões em que as crianças eram presenteadas pelos pais. Lembro-me que eu só ganhava presentes no meu aniversário (em fevereiro) e no Natal. Parecia uma eternidade entre as duas datas. Apesar de a data 12 de outubro ter sido oficializada como Dia das Crianças pelo presidente Arthur Bernardes, por meio do decreto nº 4.867, de 5 de novembro de 1924, essa lei não chegou até minha casa.

Hoje, acontece o contrário. Qualquer motivo é razão para presentearmos nossos filhos. E não são somente as datas festivas do calendário. Até a lua mais brilhante no céu serve como pretexto. E qual é a principal consequência disso? Eles dão cada vez menos valor às coisas que ganham. Como tudo chega muito fácil, os presentes perdem valor.

Quando eu queria uma coisa e pedia aos meus pais, a primeira observação que ouvia deles era: "Não sei se vamos te dar". E em seguida: "Mas se ganhar, vai ser só no seu aniversário ou no Natal (dependia de qual seria a próxima data)". A expectativa ficava enorme.

E, se o meu desejo se concretizava, aquele presente passava a fazer parte da minha vida de uma forma muito intensa. Assim foi com minha bicicleta, minha radiola, meu training da Adidas.

E hoje, o que acontece? A criança ganha o brinquedo que pediu e acaba brincando com ele por poucos dias (quando não por horas). Logo chega um novo e o "antigo" fica esquecido na prateleira.

Há dois anos, a Maria Eduarda nos pediu uma boneca de Dia das Crianças. Ela queria uma Adora Doll. Fui olhar na internet e vi que custava mais de R$ 800. Era importada e o dólar estava nas alturas. Nos Estados Unidos, o preço era bem mais acessível. Disse, então, que não havia a menor possibilidade, pois a boneca era muito cara e também não tínhamos viagem programada para os Estados Unidos. Ela tentou argumentar, dizendo que várias de suas colegas já tinham essa boneca. Eu disse que nem tudo que as colegas tinham ela iria ter. Da mesma forma, algumas coisas que ela tinha ou fazia as colegas não tinham, nem faziam.

O tempo passou e, no ano seguinte, eu e minha esposa programamos uma viagem para os Estados Unidos. Falamos para a Duda que ela podia pedir um presente. Ela pediu a Adora Doll. Fiz a compra pela internet (com um valor dentro do meu orçamento) e pedi que a entrega fosse feita no meu hotel. Não precisa nem dizer que ela adorou o presente. A boneca Aninha passou então a nos acompanhar por todos os lugares.

Acredito que a expectativa e a espera deram um grande valor àquela boneca. Na comemoração de oito meses do irmão, Duda fez questão de cantar parabéns para a Aninha. Ela estava completando um ano de vida!

Como incentivar nossos filhos a se tornarem pequenos empreendedores

Um dia vi que minha filha estava brincando com uma agenda. Perguntada sobre o que estava fazendo, respondeu que estava elaborando o cardápio do "Delícias da Duda". Ela gosta bastante de assistir a programas de culinária.

Olhei o cardápio e vi várias opções de sanduíches quentes. Tinha o misto completo (com queijo, presunto, tomate e ovo), o misto duplo (com duas fatias de queijo e presunto), o simples (com uma só fatia de queijo e presunto) e o individual (com queijo ou presunto). Escolhi um sanduíche e, poucos minutos depois, recebi minha encomenda. Paguei a ela os R$ 2 estabelecidos no cardápio.

Qual não foi minha surpresa quando, no início da semana seguinte, ela chegou do colégio dizendo que estava cheia de encomendas. Duas já eram para o dia seguinte. Como ela estuda na parte da manhã, teve de acordar bem cedo para fazer os pedidos. Foi toda feliz para a escola. Quando voltou para casa, estava radiante com a satisfação das suas clientes. E disse que tinha conseguido ainda mais encomendas. Mas para vender mais, tinha diminuído alguns preços.

Usou, na prática, um conceito econômico: a diminuição

do preço aumenta a demanda. Chamei a atenção para um detalhe importante: o preço de um produto tem que, pelo menos, cobrir o custo daquilo que gastamos para elaborá-lo. E dei uma sugestão. Anotar o material gasto em cada sanduíche para que fosse possível fazer esse cálculo. Fomos juntos ao supermercado comprar os ingredientes para as encomendas do dia seguinte.

Foi preciso acordar ainda mais cedo, pois eram oito pedidos. Nossa cozinha virou uma linha de montagem. Minha esposa fritando ovos (quase todas as encomendas eram de misto completo) e a Duda na misteira, depois cuidando da embalagem. E eu cuidava do irmão dela, que acordou com toda aquela movimentação. Foi uma farra danada.

Mas, quando voltou da escola, apesar de animada com a reação das clientes, Duda disse que tinha encerrado a "Delícias da Duda". Acordar tão cedo não estava nos planos da jovem empresária.

O que ficou de reflexão foi que devemos incentivar o comportamento empreendedor dos nossos pequenos. Desenvolver habilidades e características empreendedoras pode ser um fator diferencial no futuro deles!

Você já levou seu filho ao trabalho para ele ver o que você faz?

Em certa ocasião, fui a uma grande empresa e, quando cheguei, vi uma movimentação enorme de crianças. Perguntei à recepcionista quem eram aqueles pequenos e ela me disse que eram filhos de funcionários que, naquele dia, tinham ido até lá para comemorar o Dia das Crianças e conhecer o trabalho do pai ou da mãe.

Aquela empresa tinha colocado em prática algo que acredito ser bem saudável para os nossos filhos: ter a oportunidade de conhecer e frequentar o trabalho dos pais.

As crianças crescem ouvindo sobre o nosso trabalho o tempo todo. É "papai está indo trabalhar" pra cá, "mamãe brinca com você quando voltar do trabalho" pra lá.

Adoram o fim de semana, pois é quando, em boa parte das famílias, os pais não precisam ir à empresa. Seja como for, para eles, o trabalho é algo bem abstrato.

O meu, por exemplo, era totalmente sem sentido para minha filha, até o dia em que resolvi levá-la à universidade onde eu dava aulas. Duda tinha cerca de 3 anos. Foi uma festa. A menina pôde conhecer a sala dos professores, foi até o laboratório de informática e, no intervalo, conheceu a cantina. Acabou me acompanhando na sala de aula. Não preciso dizer que se transformou no centro das atenções. Todos queriam conhecer a filha do professor e ela conversava entusiasmada com os alunos. Escolhi um dia mais tranquilo, quando minhas turmas estariam fazendo uma atividade em grupo. Enquanto eu dava alguma explicação para um grupo ou outro, minha filha ficava me observando. Ao chegar em casa, tinha muitas histórias para contar à mãe. Aquela visita foi importante, pois, a partir dela, quando eu falava que ia dar aulas, a Duda já podia visualizar mais concretamente o meu destino e até mesmo o que eu iria fazer.

Depois daquele dia, todas as vezes em que passávamos em frente à universidade, ela lembrava que tinha ido lá ver o papai trabalhar. E inclusive identificava a logo da instituição em qualquer anúncio espalhado pela cidade.

O mesmo aconteceu em relação ao trabalho da minha esposa. Quando a Duda era pequena, a Gabriela trabalhava na área de telefonia. E, muitas vezes, eu ia com a Duda buscá-la. A mãe fazia questão de entrar com ela um pouco na loja para conhecer os colegas e ver a mesa de trabalho. Para a Duda, eram ocasiões mais do que especiais.

Fico na torcida para que mais empresas possam abrir, de vez em quando, as portas para os filhos dos seus colaboradores. É o tipo de ação em que todos os envolvidos só têm a ganhar.

Qual a idade adequada para uma criança ter seu próprio celular?

Telefone celular é um objeto que atrai a atenção de uma criança desde os primeiros meses de vida. O fato de ver os pais usando o aparelho o tempo todo aumenta ainda mais a curiosidade. Desde que o João Pedro tinha 1 ano, já estava sempre atrás dos nossos celulares. Pegava um, colocava na orelha e ficava falando "alô". Parece já ter nascido com a habilidade para lidar com a tecnologia. Nosso maior trabalho era esconder os celulares dele, porque não é brinquedo de criança.

No caso da Maria Eduarda, que já tem 10 anos, não houve escapatória. Desde pequena, ela também sempre foi encantada com o celular, assim como o irmão. E, enquanto crescia, o aparelho passou a fazer parte de seu cotidiano. Primeiro, Duda pediu para instalar alguns joguinhos – adequados para sua faixa etária – no meu celular. Há três anos, começou a pedir um que fosse só dela. Surgiu, então, uma dúvida que hoje incomoda muitos pais e mães. Qual a idade adequada para uma criança ter seu próprio celular? Para nós, ela ainda era muito nova.

Algumas de suas colegas de escola já tinham celulares desde o ano anterior, e isso era a justificativa para ela insistir tanto no pedido.

No início deste ano, a interação com o celular aumentou bastante. Ela descobriu uma rede social de clipes musicais. E também começou a produzir seus clipes, sempre no telefone da mãe. No meio do ano, as colegas de colégio criaram um grupo no WhatsApp. Duda começou a participar usando o telefone da minha esposa. Logo depois, as colegas do jazz também formaram um grupo.

Com isso, o celular passou a ter uma importância maior na vida dela. Por outro lado, neste fim de ano eu precisava trocar o meu celular. Ele estava com problemas, inclusive na bateria. Aproveitei uma viagem ao exterior para comprar um aparelho novo. E mandamos o antigo para o conserto.

O celular reformado foi nosso presente de Natal para a Duda e aproveitamos essa novidade para trabalhar ainda mais a educação financeira dela. A conta será pré-paga e ela terá somente R$ 10 de crédito a cada mês. Internet, somente em redes de Wi-Fi.

Agora, o importante é dar suporte para aprender a utilizar o equipamento de forma equilibrada e com segurança!

O caso da Duda é a nossa experiência. Mas acredito que cabe aos pais decidir o momento adequado para dar um celular ao filho, de acordo com a necessidade e a maturidade de cada criança.

A relação das crianças com o dinheiro, o trabalho e os sonhos

Certa vez, fui convidado por uma escola para conversar com alunos do Ensino Infantil. Foram duas turmas: uma com crianças de 4 a 5 anos e outra com crianças de 6 a 7 anos. Nas semanas anteriores, as professoras trabalharam junto aos alunos meus livros da série "Meu Dinheirinho". São quatro histórias que abordam os quatro pilares da educação financeira: aprender a ganhar, a gastar, a poupar e a doar.

Cabe destacar algumas questões que me chamaram a atenção e merecem a reflexão de todos os educadores.

A primeira é o comportamento consumista já presente nessas crianças. São pequenos grandes consumidores de várias categorias de produtos: brinquedos, roupas, viagens. Como não dispõem de renda própria, por motivos óbvios, acabam consumindo tudo isso com o dinheiro dos pais ou outros familiares. São estimulados pela propaganda que os alcança das mais diversas formas. Sabem os produtos que querem ter e quais são as marcas mais cobiçadas.

Basta assistir à programação de algum dos canais voltados ao público infantil para confirmar o bombardeio de publicidade que estimula a consumir os mais variados lançamentos da indústria de brinquedos e do entretenimento.

Caberia aos pais dar uma freada nesse comportamento, mas muitos acabam por impulsionar ainda mais o consumo. E eles têm suas razões. Muitos tiveram uma infância sem bens materiais e acham justo que os filhos não passem pelas mesmas privações. Outros acreditam que o bem-estar material pode compensar o pouco tempo que passam com seus filhos. Afinal de contas, o sucesso profissional exige uma dedicação muito grande e esse mesmo sucesso é o que garante a qualidade de vida da família. Para eles, não há outro caminho.

Segunda questão: para as crianças, o trabalho serve exclusivamente para ganhar dinheiro. Com certeza, essa opinião vem sendo formada pela observação do comportamento dos adultos. Limitar o valor do trabalho somente à recompensa material pode prejudicar muito a formação dos pequenos. Precisamos mostrar a eles que uma das razões mais importantes para trabalhar é a possibilidade de realização. Até mesmo como pessoa, capaz de fazer algo com competência, de fazer com paixão. Além disso, o trabalho nos permite ajudar os outros, melhorar as vidas ao nosso redor.

E, por fim, uma terceira observação importante: grande parte das crianças resumiu o seu sonho em ser rico. E há de se destacar que era um grupo de uma escola particular situada em bairro nobre de Belo Horizonte. Grande parte das famílias deve ter um padrão de vida muito bom, permitindo inclusive a opção pela escola privada. Por isso, perceber essa visão nos alunos é muito triste. A infância é a época em que podemos sonhar sem limites. Querer, numa semana, ser astronauta. Na outra, ser jogador de futebol e, pouco depois, querer ser médico. O dinheiro deveria representar a consequência e não um objetivo de vida.

Mesada e tarefas domésticas: boa combinação?

Uma mãe me contou que estipulou uma mesada de R$ 50 para a filha de 6 anos, se ela se comportasse conforme os combinados. Caso a menina descumprisse, perderia uma respectiva quantia da mesada. Mas a mãe tinha dúvidas se era adequado vincular o valor mensal à realização de atividades pela criança.

A primeira coisa a se fazer é parabenizar essa mulher pela preocupação com a educação financeira da filha. Ela está não só cuidando do presente, mas também garantindo um futuro melhor para a criança, pois uma pessoa bem educada financeiramente vai se tornar um adulto mais equilibrado e propenso a realizar seus objetivos.

Agora, vamos aos fatos. Considerando que a menina tem 6 anos de idade, acredito que uma semanada seja mais adequada. Para crianças dessa idade, um mês ainda é um conceito distante. A semana é um período mais concreto. Segundo o educador financeiro Álvaro Modernell, também especialista no assunto, somente a partir dos 12 anos é que os pequenos têm condições de lidar bem com um ciclo mensal. Vou explicar um pouco mais sobre isso no próximo capítulo.

De toda forma, o meu entendimento como educador é o de que a vinculação da mesada ao cumprimento de atividades acaba por desvirtuar o objetivo de educação financeira.

A mesada deve ter como função principal permitir que a criança conheça alguns conceitos importantes: escolhas de consumo para o seu dinheiro, definição de um orçamento e hábito da poupança. Ou seja, os objetivos estão limitados ao comportamento financeiro da criança.

Como a educação é um processo mais amplo, ao relacionar o cumprimento de regras e tarefas às finanças os pais podem mostrar que tudo na vida está ligado ao dinheiro. Corre-se o risco de essa pessoa crescer com um comportamento mercenário, esperando sempre uma contrapartida financeira.

Vale lembrar que um dos pilares da educação é a generosidade, assim, devemos ensinar que algumas de nossas ações são feitas sem a expectativa de receber algo em troca.

Para finalizar, é importante ressaltar que a mesada é somente uma das ferramentas capazes de ajudar na educação financeira dos filhos. E que nenhuma delas será mais importante do que o seu exemplo.

O dilema dos presentes de viagem

Sou professor de MBA e atuo como consultor. Por causa da minha atividade profissional, passo uma boa parte do tempo longe da cidade em que moro. Essas viagens ocorrem para os mais diversos destinos, com durações distintas.

Com certeza, a pior parte dessa vida itinerante é a distância da minha família. Sinto muita saudade da minha esposa e dos meus filhos e eles também sentem minha falta. O avanço da tecnologia, com uma comunicação cada vez mais fácil, reduz, mas não elimina o problema.

Antes mesmo de minha filha mais velha nascer, minha bagagem no retorno de cada viagem foi ficando mais pesada. Ao longo do trajeto, muitos presentes eram comprados para ela, juntando-se ao enxoval preparado para sua chegada. Era uma forma de diminuir a saudade.

Como eu já trabalhava com educação financeira, uma coisa me afligia. Não queria cair na armadilha de tentar diminuir a ausência, ou a culpa de estar longe, com presentes. E também me preocupava com o fato de que a Duda criasse a expectativa de ser presenteada a cada viagem que eu fizesse. Por outro lado, queria de alguma forma mostrar que, mesmo longe, eu me lembrava dela. Como resolver esse dilema?

Com a questão na cabeça, acabei encontrando, num dos livros da educadora Cássia D'Aquino, um texto que me ajudou bastante. Nele, um pai, cuja atividade profissional também exigia viagens, relata ter vivido o mesmo conflito que eu estava enfrentando. Queria que a filha participasse de suas viagens, mas não com uma coleção de infinitos presentes. Ele teve, então, uma ideia genial: em cada cidade que visitava, recolhia uma folha caída de uma árvore. E essa folha era levada para a filha. E, juntos, iniciaram uma coleção de folhas. Colocavam cada uma em um álbum e registravam a data e o local da coleta. A experiência servia para o pai falar um pouco da cidade visitada e da sua experiência por lá.

Gostei bastante do relato. Só faltava agora descobrir o que poderia ser a nossa folha. Foi aí que eu tive uma ideia.

Passei a trazer de cada viagem sabonetes e shampoos dos hotéis onde me hospedava. Hotéis são uma paixão que me une à minha filha. Ela adora, assim como eu também adorava quando criança. E começamos a nossa coleção. Cada vez que chego de uma viagem, ela já está ansiosa para ver o que eu trouxe no meu nécessaire. E vai logo tratando de guardar na coleção.

Além do nosso momento juntos, a ideia foi interessante porque conseguimos criar uma coleção que pode ser utilizada. A Duda usa nossos sabonetes e shampoos em cada banho, após suas aulas de natação. Quando vamos ao clube, também usamos. E, por fim, nossa coleção acaba me salvando sempre que preciso me hospedar em um local que não oferece essas facilidades.

Agora tenho um novo dilema. O João Pedro, meu segundo filho, já está um pouco maior. Ele começou a entender as minhas viagens. Tenho que descobrir o que nossas folhas serão!

O sonho de ser youtuber e as profissões do futuro

Outro dia, vi o seguinte título no site de um jornal de circulação nacional: "Mais da metade dos alunos do Ensino Médio terá profissões que ainda não existem". A afirmativa tinha partido do superintendente de Inovação e Desenvolvimento da Pontifícia Universidade Católica do Rio Grande do Sul (PUC-RS), Jorge Luis Nicolas Audy.

Acabei me lembrando de uma reportagem que li recentemente e mostrava o grande sonho dos jovens da geração Y (nascidos em meados da década de 80 até a década de 90) e da geração Z (nascidos no fim da década de 90 até 2010): ser um youtuber de sucesso.

Surge um novo choque de gerações. Enquanto os nossos pais relacionavam o sucesso a profissões tradicionais, como medicina, direito, engenharia e administração, para os nossos filhos esse conceito está e estará cada vez mais ligado a profissões alternativas. A de youtuber, por exemplo.

Mas o que ele faz? O youtuber, também conhecido como personalidade do YouTube, celebridade do YouTube ou YouTube Content Creator, é um tipo de celebridade e cinegrafista da internet que ganhou popularidade em seus vídeos no site de compartilhamento.

O YouTube foi criado por três ex-funcionários do PayPal, em fevereiro de 2005. A Google comprou a plataforma em novembro de 2006 por US$ 1,65 bilhão. A revista norte-americana Time, em novembro de 2006, elegeu o YouTube como a melhor invenção do ano por, entre outros motivos, "criar uma nova forma para milhões de pessoas se entreterem, se educarem e se chocarem de uma maneira nunca vista".

A Maria Eduarda acompanha uma série de youtubers, que têm canais com conteúdo do seu interesse: slimes, The Sims, maquiagem, viagens. São tantos vídeos que tivemos de determinar dia e hora para essa atividade. Nas segundas, quartas e sextas, ela pode assistir durante uma hora e meia os vídeos dos seus youtubers favoritos.

Vale dizer: muitos deles também são crianças. E alguns já ganham salários consideráveis, vindos do patrocínio de empresas e da remuneração de audiência feita pelo YouTube. Os pais, claro, estão à frente dos negócios e, diante do sucesso, alguns incentivam os filhos a criarem mais e mais canais.

Fato é que toda uma indústria se formou em torno desse sonho. As empresas acompanham a expectativa de faturamento dos jovens youtubers. Muitas famílias chegam a contrair dívidas para garantir aos filhos os melhores profissionais. Fazem o investimento achando que o retorno é garantido. E se esquecem, porém, de que como em qualquer profissão (tradicional ou contemporânea), o funil é bem estreito!

Acredito que, mesmo para as profissões modernas, uma coisa não vai mudar: o sucesso dependerá de muito esforço, muita qualificação e muito amor dedicado.

Dinheiro com o suor do trabalho

Meu pai era diretor industrial do jornal que meu avô fundou. Nos fundos de nossa casa, ficava o parque gráfico. Sábado era dia de imprimir a edição semanal, que seria distribuída gratuitamente na casa dos leitores durante a noite do próprio sábado e na madrugada de domingo. Era o meu dia preferido da semana.

Como não tinha aula, podia ir cedinho para a oficina ajudar a encadernar o jornal. Cada caderno era impresso separadamente. Era preciso colocar um dentro do outro para formar a edição. Além disso, informes publicitários deviam ser inseridos.

Passava grande parte do dia com os funcionários do setor e tinha duas alegrias. A primeira era lanchar com eles: pão com mortadela e leite no saquinho. O cardápio simples, para mim, era um verdadeiro banquete. A outra alegria era receber, ao final do dia, um papel onde o supervisor anotava a minha "produção". Quantos jornais eu havia "batido" (como era chamado o processo de encadernação manual). Guardava aquele relatório em um local bem seguro.

No domingo, quando tínhamos o hábito de ir à casa dos meus avós paternos, eu me desdobrava entre a hora dos Trapalhões na TV e da zebrinha da loteria esportiva, para entregar ao meu avô o papel com a minha produção do dia anterior. Ele, então, pegava a carteira e pagava os meus serviços.

O dinheiro era proporcional à produção. Mas, independentemente da quantia, tinha um significado importante para mim. Não era igual a nenhum outro dinheiro que eu ganhava. Aquele valor era fruto do meu esforço, de ter ficado "batendo" jornal durante o dia anterior.

Outro momento aguardado com grande ansiedade eram as minhas férias. Não apenas em virtude das viagens que meus pais programavam. Como nós viajávamos somente meio período, normalmente em janeiro, em dezembro eu aproveitava o fim das aulas para assumir o posto de assistente do meu avô na empresa.

Minha tarefa era ficar sentado do lado de fora da sala, com a secretária. De tempos em tempos, ele me chamava e passava uma atividade:

- Carlos Eduardo, leve esse documento e peça ao seu pai para assinar.

Ou

- Busque uma revista com o fulano da redação.

Ia com o maior orgulho cumprir a minha missão. E ficava ainda mais orgulhoso na hora do lanche, pois meu avô me chamava para ir comer com ele. Éramos só nós dois. E o cardápio não variava: suco de maracujá e misto frio, sem as bordas do pão de forma.

Antes do Natal, encerrava meu expediente. Não sem antes receber o ordenado. Era um dinheiro bem considerável para uma criança de 12/13 anos.

E todo esse trabalho que relatei não prejudicou em nada a minha infância, nem os meus estudos. Brincava com amigos e cumpria minhas tarefas escolares de forma mais do que satisfatória. O que esse esforço com certeza fez foi me ajudar a entender a importância do trabalho.

A atividade me proporcionava grande satisfação e ainda podia ganhar algum dinheiro. Eu usava uma parte para comprar as coisas que queria e aplicava o restante em letras de câmbio com meu outro avô. Mas essa é uma nova história!

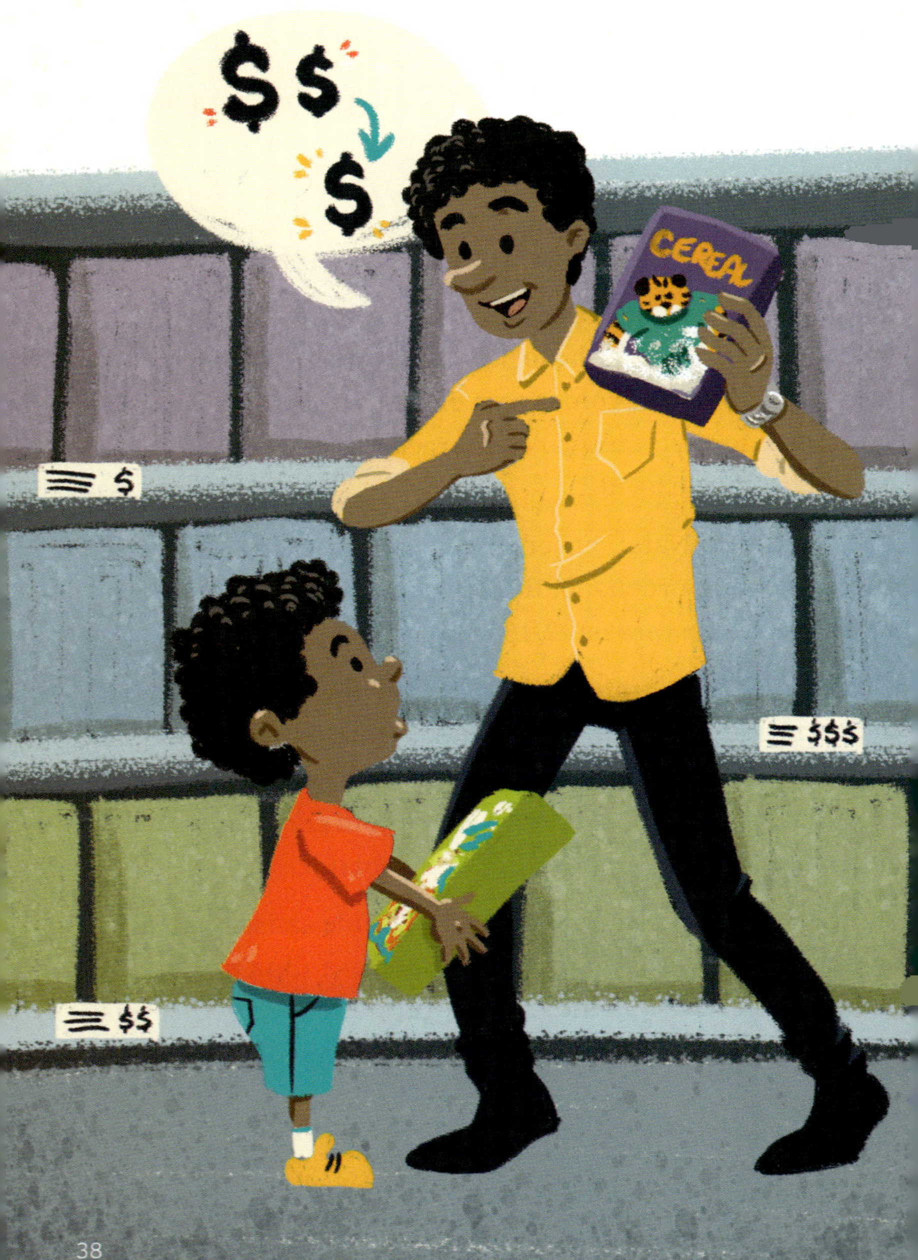
$$
$
CEREAL
$
$$$
$$

Ensinando a

gastar

Crianças no supermercado: uma oportunidade de ensinar educação financeira!

Muitos especialistas em educação financeira têm uma série de dicas para ajudar os adultos a controlarem seus gastos, especialmente nas idas ao supermercado.

Normalmente, o primeiro passo é a confecção de uma lista de produtos realmente necessários (evitando compras exageradas). Em seguida, vem a pesquisa de preços (para aproveitar a concorrência entre as empresas). Depois, a importância de irem às compras bem alimentados (pois, se forem com fome, aumentam as chances de compras por impulso). E, finalmente, o último ponto: evitar a companhia dos filhos (já que eles estão sempre pedindo algo).

Concordo com as três primeiras dicas, mas discordo bastante da última. Não levar os filhos às compras significa perder uma incrível oportunidade de trabalhar com eles a educação financeira.

O supermercado é o local ideal para uma criança aprender o que significa consumir e fazer escolhas. Nossos desejos de consumo são enormes, mas acabam limitados pela renda. Como ela é finita, somos obrigados a escolher.

Uma ação bem simples pode ajudar a introduzir esse valor na cabeça da criança: quando ela for ao supermercado, permita que escolha um único produto a ser comprado fora da lista. Ao longo do percurso, o pequeno provavelmente irá escolher vários itens. Mas a posição firme do pai ou da mãe irá fazer com que ele acabe elegendo um produto preferido.

Para escolher um só, terá de deixar os outros. Se os pais aceitarem a compra de vários itens, podem formar alguém sem limites de consumo. Por isso, também se deve deixar claro que a pirraça significa a perda do direito de escolher algo. Essa prática pode ser utilizada com crianças bem novas, desde o momento em que aprendem a pedir.

Outro conceito que pode ser trabalhado é o de querer e precisar. Queremos muitas coisas, mas quem busca um consumo consciente deve se perguntar se realmente precisa daquilo. Uma criança pode querer um chocolate, por exemplo, mas deve ser lembrada de que em casa já tem chocolate ou que naquele mês a guloseima será outra, como biscoito.

Para crianças mais velhas, também podemos introduzir os conceitos de caro e barato. Caro é aquilo que tem um alto custo em relação ao benefício do produto ou ao padrão de consumo da família. Barato é exatamente o contrário.

Vale a pena dar mesada para meu filho? Reflexões importantes

Muitos pais enfrentam um dilema: dar ou não dar mesada para o filho. É uma decisão importante, pois, se bem utilizada, pode ser um bom instrumento de educação financeira. Por outro lado, quando é feito da forma errada, pode até atrapalhar o comportamento da criança.

Para ser eficiente, a mesada deve ter como função principal permitir que o pequeno lide com conceitos importantes da vida financeira, como escolhas de consumo, definição de um orçamento e hábito da poupança. Aqui, é preciso atenção: a adoção da poupança é apenas um dos instrumentos de educação financeira. Adotada isoladamente, perderá sua eficácia.

A primeira grande questão é decidir sobre o momento certo de começar a dar a mesada. Para os especialistas, não existe idade definida. Vai depender do próprio amadurecimento da criança. A mesada pode ser adotada quando ela der os primeiros sinais de interesse pelo assunto (por exemplo, quando pedir para entregar o dinheiro ao caixa ou para comprar alguma coisa).

Caso os pais sintam que chegou a hora, devem deixar claro, desde o início, qual é a função daquele dinheiro:

ensinar a lidar com as finanças e, assim, ajudá-los quando crescerem.

É importante também ter em mente que, até certa idade, o mais adequado é a adoção da semanada, pois a criança ainda tem pouca clareza sobre a evolução do tempo. Na primeira infância (até os 6 anos), elas estão conhecendo os dias da semana e passam a associá-los às suas atividades. Aproveitando isso, seria mais interessante marcar um dia para o pagamento da semanada. E esse recurso pode até ajudar no controle da ansiedade e da impulsividade, típicos dessa fase. Com o passar dos anos, o pagamento pode ser realizado quinzenalmente. Quando a criança já tiver uma noção maior do tempo, a mesada poderá ser adotada. Segundo os especialistas, isso acontece por volta dos 12 anos.

Outra questão fundamental para que a mesada cumpra o seu papel educativo é a definição dos compromissos da criança com aquele dinheiro. Com o pagamento, elas passam, pouco a pouco, a ser responsáveis por alguns de seus gastos. No início, coisas pequenas, como guloseimas após a escola ou figurinhas de um álbum. Depois, novos gastos podem ser incorporados, como lanches e atividades de lazer.

Os pais devem respeitar esse combinado. Caso a criança gaste toda a mesada antes do tempo, é preciso aguardar até a nova data acordada para o pagamento. Por mais difícil que seja ver o sofrimento do filho privado do consumo, essa atitude é positiva se pensarmos na educação financeira.

Caso contrário, a criança crescerá acreditando que não precisa fazer escolhas, pois sempre haverá uma fonte inesgotável de recursos. Essa fonte, representada inicialmente pelo dinheiro do pai ou da mãe, pode se transformar, na idade adulta, no cartão de crédito ou no cheque especial.

E qual o valor a ser dado? Vai depender fundamentalmente de duas questões: a idade da criança e o padrão financeiro da família. O valor deve ser suficiente para que o pequeno possa garantir uma pequena quantidade de produtos pactuados (não todos, pois é importante também aprender a fazer escolhas). A quantia também deve refletir o padrão de vida do grupo, para que eles não se acostumem a gastar mais do que a sua realidade permite. Deve existir um controle, mesmo que a renda familiar permita uma mesada bem alta. Caso contrário, a criança pode se acostumar aos benefícios do consumo exagerado sem o menor esforço.

As regras da mesada e o surgimento de crianças mercenárias

Nas redes sociais, ficou famosa a criação dos filhos de um juiz do trabalho de Rondônia. Pai de uma menina de 8 anos e um menino de 6 anos, ele criou uma tabela que inclui descontos para desobediência, notas baixas e mau comportamento. Faltar, atrasar ou reclamar para ir à escola são atitudes que causam desconto de R$ 1,00 na mesada, por exemplo. Deixar a TV ligada custa R$ 0,50. Desobedecer ao pai ou à mãe reduz a mesada em R$ 3,00.

Milhares de pessoas compartilharam a tabela proposta e a grande maioria dos comentários era favorável à metodologia desenvolvida pelo juiz. Mas essa não é a visão dominante entre os experts no assunto.

Cássia D'Aquino, especialista em educação financeira infantil, também está convencida de que, apesar de o criador da lista ser um pai bem intencionado, o resultado de sua metodologia não é positivo. Teme que, a médio e a longo prazo, essa experiência resulte em um lamentável desastre. Para ela, as crianças precisam ser educadas, não adestradas. O que essa tabela propõe é uma transposição dos experimentos que Pavlov fazia com os cães para o ambiente familiar. A única diferença é que, em vez de dinheiro/castigo, Pavlov condicionava os animais associando comida/castigo.

Para mim, as regras criadas pelo juiz acabam por desvirtuar a possibilidade de educação financeira que uma mesada permite. O objetivo deve ser limitado ao comportamento financeiro da criança e nunca ao fato de que tudo na vida está ligado ao dinheiro.

Como falamos no capítulo anterior, ao punir ou recompensar financeiramente o filho em relação às suas obrigações domésticas, os pais podem passar a impressão de que todas as nossas tarefas são remuneradas. E a verdade é que muito do que fazemos não está ligado ao dinheiro e, sim, ao bom convívio social. Se um menino tem de arrumar a cama, não é para ganhar uma mesada maior ou menor, mas para ajudar na organização da casa. Distorcer esse conceito pode contribuir para a criação de crianças mercenárias, cujas ações são guiadas pelas recompensas materiais.

Outra grande preocupação é a de que as regras acabem por mostrar às crianças que existem escolhas em relação ao cumprimento de algumas leis. A tabela do juiz traz, por exemplo, uma punição de R$ 0,75 pela não colocação do cinto de segurança. Mas esse não deveria ser um comportamento facultativo. O pequeno deve aprender sobre a obrigatoriedade do uso do cinto, que inclusive é uma determinação legal. Nesse caso, o grande risco é o de que as crianças achem que podemos escolher que regras queremos seguir. E para aquelas que não queremos, basta pagar um preço!

Oito dicas para evitar que seu filho se torne um pequeno consumista

O consumismo dos filhos é motivo de preocupação. Muitos pais reclamam do fato de as crianças estarem sempre pedindo alguma coisa. Mas, mesmo sem querer, os costumes da família incentivam ainda mais esse hábito.

Para ajudar os adultos a desenvolverem junto aos pequenos um consumo mais consciente, elaborei uma lista com algumas dicas:

1. Estabeleça um calendário com as datas comemorativas que poderão significar presentes. Aniversário, Dia das Crianças e Natal já permitem um bom fluxo de mimos.

2. Desenvolva atividades e brincadeiras que sejam independentes de brinquedos industrializados. É importante que os seus filhos saibam que é possível se divertir mesmo sem o último lançamento da indústria. Brincadeiras antigas podem ser resgatadas. As crianças costumam gostar bastante de brincar como os seus pais brincavam.

3. Diversifique os passeios. Muitas famílias acabam tendo os shopping centers como destino principal para os momentos de lazer. Isso faz com que as crianças liguem o prazer de estar em família ao prazer de comprar. Pode ser muito perigoso!

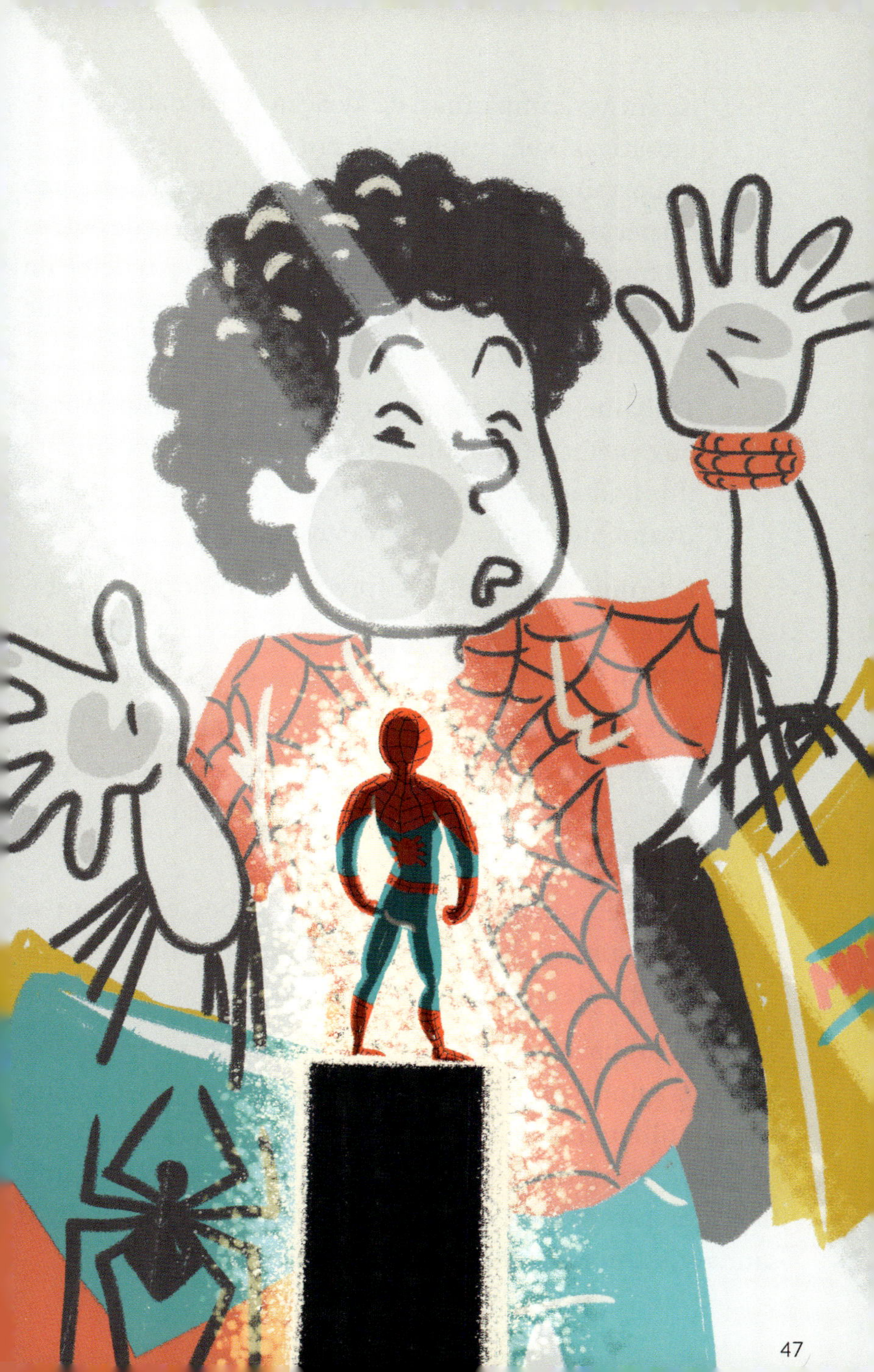

4. Incentive campanhas de doação após datas comemorativas que resultaram em muitos presentes. É importante mostrar que um brinquedo que não desperta mais interesse pode fazer a alegria de outras crianças. É fundamental que o pequeno participe da seleção e da entrega dos brinquedos. E atenção: o que estiver em péssimo estado deve ser descartado.

5. Trabalhe a diferença entre querer e precisar. Todos nós, inclusive os adultos, temos desejos praticamente ilimitados. Mas é preciso diferenciar daquilo que efetivamente precisamos para viver.

6. Estimule a pesquisa de preços. É importante comparar o valor de um produto em diversos canais de venda. A internet pode ajudar bastante nessa tarefa!

7. Quando os filhos já têm sua renda (mesada), vincule as compras supérfluas aos valores economizados, mostrando os benefícios de um e de outro. Isso poderá ajudar a frear o consumo.

8. Não se esqueça do exemplo. Os filhos espelham-se nos pais. Adultos consumistas podem influenciar os hábitos de consumo das crianças.

Ao cuidarmos da educação financeira de nossos filhos, estamos agindo no presente e no futuro. No presente, para termos filhos mais conscientes em relação ao consumo, o que deve impactar positivamente na vida financeira familiar. E no futuro, pois quem cresce com hábitos financeiros saudáveis tem mais chances de atingir seus objetivos.

E quando a família do coleguinha do nosso filho é muito mais rica?

Nas palestras que realizo para pais nas escolas particulares, uma pergunta frequente é feita em relação às diferenças de nível de renda que existem naquele colégio. O que deixa os adultos aflitos é que a vida de alguns coleguinhas do filho é muito diferente da realidade que eles podem oferecer. São meninos de famílias ricas que têm tudo: férias no exterior, casa na praia, fazenda.

Também recebo muitos e-mails com dúvidas semelhantes. Antes, o acesso às boas escolas particulares estava restrito aos filhos das famílias mais ricas. Mas esse quadro está mudando, a partir do esforço de pais que usam uma boa parte da renda para garantir a mensalidade ou batalham por uma bolsa de estudos. A propósito, essa é uma decisão que merece elogios. Uma tentativa de oferecer o melhor para os filhos.

O papel mais importante que devemos desempenhar é o de prepará-los para o futuro. Nos dias atuais, essa missão é ainda mais difícil, pois não temos condições de imaginar como será o futuro, com todas as mudanças características de nossa época. Mas uma certeza nós temos: somente com uma boa educação nossos filhos poderão se qualificar para enfrentar os desafios da vida adulta. E boas instituições de ensino podem ajudar bastante nesse processo. Então, o que fazer quando existem colegas com um padrão de renda muito maior?

A diferença financeira realmente existe. E não é só na escola. No nosso país, a desigualdade e a má distribuição de renda são alguns dos maiores problemas econômicos. Um erro muito comum é tentar fingir que o problema não é real.

Alguns pais acabam escolhendo essa alternativa e tentam garantir ao filho um padrão de consumo semelhante ao dos colegas. Só conseguem isso destruindo a saúde financeira da família. Endividam-se tentando adquirir para o filho produtos e serviços que o orçamento doméstico não permitiria. Roupas de grife, passeios constantes, viagens, atividades fora da escola. A criança passa a viver em um mundo que está acima do padrão de renda de sua família. Com isso, começa a acreditar que poderá ter de tudo na vida. Se hoje são os pais que garantem, amanhã serão os empréstimos e os cartões de crédito.

O mais correto é não esconder dos filhos essa realidade desigual. A criança deve saber que há diferenças entre as possibilidades de consumo das famílias. Deve saber que existem famílias que podem mais, assim como existem famílias que têm uma capacidade de compra menor e não podem, por exemplo, garantir escola para os filhos.

O principal é mostrar a ela quais são os valores essenciais, que estão muito além do dinheiro. As pessoas se importam pelo que elas são e não por aquilo que têm ou ganham.

E sempre ressaltar a oportunidade que o estudo representa. O seu filho precisa aprender que, com muito esforço e dedicação, ele poderá ter sucesso na carreira que escolher.

Por último, mas também muito importante: não se deve passar um sentimento de discriminação pelas famílias dos colegas pelo simples fato de elas serem mais ricas. Qualquer estereótipo deve ser evitado! Não devemos criar nos nossos filhos um preconceito contra o sucesso financeiro.

"Isto é caro ou barato?" Veja a melhor forma de ensinar esse conceito ao seu filho

Levante a mão quem pelo menos uma vez já disse para o filho que não compraria algo, porque aquilo era caro. Mesmo que o produto custasse poucos reais. Eu e minha esposa já usamos essa desculpa várias vezes com a Duda.

E a questão esteve presente em algumas oportunidades que usamos para intensificar a educação financeira dela. Por exemplo, quando estabelecemos que nossa filha poderia escolher um produto no supermercado que estivesse fora da lista de compras, desde que não fosse caro.

Essa ressalva tinha dois objetivos. O primeiro era evitar que ela escolhesse um produto efetivamente caro. O segundo era justificar a recusa de um produto inadequado que ela por ventura tivesse escolhido.

Isso funcionou bem, até o dia em que ela visitou um supermercado com a turma da escola infantil. As professoras, aproveitando que os alunos já estavam aprendendo os números, ensinaram a usar os leitores de código de barras. A partir desse dia, toda vez em que falávamos com a Duda que algo era caro, lá ia ela até o leitor. E voltava dizendo que custava R$ 5. Foi a deixa para que começássemos a trabalhar com ela um dos conceitos mais importantes: a diferenciação entre o caro e o barato.

São conceitos que parecem simples, mas que possuem alguma complexidade. A primeira questão é que a fronteira entre eles está bem além dos números. Afinal, o mesmo preço pode ser caro ou barato, dependendo do produto. Se pensarmos em um litro de leite, de R$ 10,00, é muito caro. Mas é barato no caso de um pacote de 5 kg de arroz.

Para dizer se um produto é caro ou barato, a primeira coisa a se fazer é refletir sobre a utilidade do produto e, então, analisar a relação custo/benefício. Essa reflexão é muito abstrata para uma criança. Inclusive, muitos adultos são incapazes de fazê-la.

Uma boa estratégia para apresentar ao pequeno essa ideia de forma mais concreta é mostrar a importância de cada produto para a nossa vida. E, principalmente, expor o nível de dificuldade para sua produção.

Muitas vezes em que a Duda voltava do leitor de código de barras, era preciso explicar o porquê de considerarmos aquele produto caro ou barato.

Outra questão importante é que o conceito de caro/barato é relativo. Depende geralmente da renda da família. O que é caro para uma família, pode ser barato para outra. Essa realidade também deve ser passada para os filhos.

Como ensinar economia a partir da lista do material escolar

Como se não bastassem todas as despesas do início do ano, como IPVA e IPTU, para as famílias que têm crianças e adolescentes chegam também as listas de material escolar. E como são grandes! Livros didáticos, cadernos, pastas, sacos plásticos, uma infinidade de blocos (para redação, para desenho e para uma série de outras atividades), diferentes tipos de papel. Há ainda os produtos tradicionais: lápis, borracha, apontador, lápis de cor (o número de cores solicitadas só aumenta), canetas marca-texto. É bom estar com os bolsos preparados!

Mas existem maneiras de diminuir o impacto dessas listas no orçamento familiar. E mais do que gerar economia, essas ações podem ajudar a trabalhar conceitos fundamentais da educação financeira com nossos filhos.

A primeira coisa a ser feita é verificar que materiais serão realmente necessários. Aqueles solicitados na lista de material não precisam, necessariamente, ser novos. Muitos também foram utilizados no ano anterior e ainda servem para o ano seguinte.

Assim que a lista de material foi publicada no site do colégio da minha filha, a primeira ação da Duda foi ver nos materiais do ano anterior aqueles que ainda estavam em perfeito estado de uso. E vários deles foram selecionados e cortados da lista de compras. Lápis, borracha, apontador, lápis de cor, pastas e sacos plásticos. Estava aí a nossa primeira chance de economizar.

O próximo passo foi pesquisar os preços dos livros didáticos. Infelizmente, como a Duda ainda está no Ensino Fundamental I, não foi possível participar de uma ação que também poderia garantir uma boa economia: realizar trocas ou comprar os livros utilizados pelos alunos da série no ano anterior. No caso dela, muitas das atividades são feitas no próprio livro, o que inviabiliza a reutilização. Com a Duda fizemos uma pesquisa de preços dos livros na internet e comparamos com os preços das livrarias de Belo Horizonte. Em alguns casos, conseguimos economizar mais de 10%. Em um deles, a economia foi ainda maior. Conseguimos comprar em uma loja de livros usados. Estava em excelente estado de conservação e, como era um livro de texto, não havia atividades escritas nele.

Finalmente, fomos comprar o restante dos materiais. Conversando com a Duda, mostramos a ela que os cadernos sem personagens eram mais baratos. E que, se ela quisesse, poderia fazer uma customização. Colocar adesivos ou imagens. Transformaria cada caderno em uma obra única. Ela acabou preferindo comprar cadernos simples com capas coloridas, para diferenciar as matérias. A economia foi grande.

Depois de tudo pronto, resolvemos aproveitar uma parte do dinheiro que salvamos. Fomos juntos para uma sessão de cinema em família. E com direito à pipoca!

Como trabalhar a questão das compras nas viagens ao exterior

Recentemente, após uma palestra sobre educação financeira infantil em umas das escolas mais caras de Belo Horizonte, uma pergunta se destacou: "Como trabalhar com os filhos a questão das compras durante as viagens ao exterior?".

Pais e mães presentes disseram ser muito difícil controlar os desejos de consumo dos pequenos. Algumas reflexões podem ser feitas.

Um ponto importante é o de que viajar para o exterior está cada vez mais comum. Tempos atrás, somente as pessoas de altíssima renda podiam ter esse hábito. O aumento da oferta de voos e a diminuição dos preços das passagens aéreas permitiram que mais brasileiros tivessem a oportunidade de conhecer outros países. Famílias inteiras podem, agora, passar as férias fora e inaugurar seus passaportes.

Em minha casa, senti essa transformação. Minha primeira viagem ao exterior foi quando eu tinha 18 anos. Minha filha, aos 9, já conhecia países em três continentes.

Viajar é uma oportunidade rara de ampliar os horizontes. Amyr Klink, um dos maiores viajantes brasileiros, afirma que um homem precisa disso. E por sua conta, com seus próprios olhos e pés, não por meio de histórias, imagens, livros e TV. Precisa viajar por si, para entender o que é seu. Conhecer novas paisagens, novos idiomas, novas culturas.

Mas, muitas vezes, essa oportunidade se perde. As viagens internacionais são reduzidas a uma grande oportunidade de compras. Afinal, todos querem aproveitar os preços mais baixos.

Os locais muito visitados são os grandes centros de compra. E quem dá esse direcionamento? Não são as crianças. Se os pequenos acabam enxergando a viagem dessa forma, é porque assim aprenderam com quem cuida da programação, ou seja, seus pais.

Passando a maior parte do tempo em outlets gigantes, perde-se a chance de conhecer museus, lugares históricos e até mesmo maravilhas da natureza.

Com a Maria Eduarda, temos procurado equilibrar as nossas viagens. Antes de partirmos, fazemos uma pequena lista de compras, que dependem do nosso destino e das necessidades. A maior parte da programação é dedicada a explorar o destino. E isso tem permitido que a Duda tenha experiências bem legais.

Em uma viagem a Punta del Este, visitamos a Casa Pueblo, cartão postal da cidade. No ano seguinte, ao estudar sobre o local na escola, ela fez questão de levar as fotos que tirou e relatar para os colegas suas impressões.

Em uma viagem para a França, tivemos a oportunidade de visitar Giverny, onde ficam os jardins do famoso pintor Claude Monet. A Duda adorou o passeio. No retorno a Paris, visitamos o Museu de Orsay. Ao ver pinturas de Monet expostas no museu, Duda ficou impressionada e me disse:

- Uau, papai! Ele conseguiu pintar as plantas igual ao que são na verdade. Parece que eu estou dentro do jardim.

Segundo o poeta Mário Quintana, viajar é mudar a roupa da alma. Então, vamos ajudar nossos filhos a aproveitarem essa oportunidade! É mais valioso do que qualquer presente material.

Como ensinar os filhos o básico contra o desperdício

Há alguns meses, a Maria Eduarda começou a separar certas coisas na cozinha de casa. Perguntei o que era tudo aquilo e ela disse que iria fazer um smoothie challenge.

Como eu não sabia o que era, ela precisou me explicar. Ela colocaria o nome de vários ingredientes em dois recipientes. Em um, coisas gostosas. E no outro, coisas de sabor desagradável. Em seguida, sortearia determinado número de ingredientes de cada recipiente. E tudo seria batido em um liquidificador. No final, teria que dar um gole da bebida produzida.

Eu quis, então, saber o que ela faria com o resto. "Papai, vou jogar fora, pois não dá para beber tudo", respondeu.

Mas, afinal, onde ela tinha aprendido a fazer aquilo? Fiquei preocupado de ter sido na escola, mas ela me disse que não. Ela assistiu ao smoothie challenge em canais do YouTube. Pedi que ela me mostrasse e vi que youtubers brasileiros bem famosos incentivavam essa prática, para crianças e adolescentes. Pesquisando um pouco mais, vi que tinham copiado isso de youtubers de fora do Brasil.

Essa prática exemplifica bem a que ponto chegou o desperdício em nossa sociedade. E o que caracteriza o desperdício? A compra ou o uso de um produto sem a necessidade de aproveitar o devido benefício.

No caso em questão, muitos alimentos seriam utilizados, não para alimentar uma pessoa, mas para diversão. Parte do gasto da família no supermercado seria desvirtuado da alimentação.

Pensei em quanto desperdício temos em uma casa, muitas vezes sem sequer enxergá-lo. Vou dar um exemplo da minha casa. Estou sempre cobrando, da minha esposa e da Duda, o cuidado com a utilização da energia elétrica.

Quais são as duas funcionalidades da energia em uma residência? A primeira é iluminar os ambientes e permitir que possamos fazer algo que não seria possível no escuro. E a segunda é permitir o funcionamento de diversos tipos de aparelho que garantem o conforto da vida moderna.

A luz acesa em um quarto vazio ou a televisão ligada sem alguém assistindo estão cumprindo seu objetivo? Claro que não. Por isso, sempre cobro atenção. Eu quero pagar uma conta de energia que represente a quantidade necessária para uma boa qualidade de vida. E a discussão não passa por ter ou não dinheiro para pagar.

Em uma dimensão menor, podemos dizer que a eliminação de um desperdício é importante, pois permite à família utilizar o valor economizado para fazer outra escolha. E em um pensamento macro, menos desperdício ajuda na sustentabilidade do nosso planeta. Menos recursos serão utilizados.

Minha argumentação acabou se baseando nessa linha, para proibir que a Duda fizesse o smoothie challenge. Devemos mostrar aos nossos filhos que todo desperdício deve ser evitado. Especialmente o de alimentos. Ainda mais em um país onde muitas pessoas passam fome! As crianças precisam saber.

É preciso ensiná-los a fazer escolhas

Ensinar os filhos a escolher é uma das tarefas mais importantes dos pais. Afinal, ao longo da vida, várias escolhas serão feitas. No passado, o papel de escolher ficava restrito aos pais e às mães. Eram eles que definiam tudo a respeito dos filhos. O que iriam comer, qual roupa deveriam vestir.

Hoje, essa realidade mudou bastante. É cada vez mais comum os próprios filhos fazerem suas escolhas. Mas será que estão aprendendo da forma correta?

Primeiro, é importante entender o processo de escolha. Ele é fundamental para resolver um dilema muito presente. De um lado, todos nós temos os nossos desejos e vontades, ilimitados. Do outro lado, temos os recursos, que são limitados.

O tempo, por exemplo, é o recurso mais precioso de todos. Atualmente, as pessoas desejam fazer mais e mais coisas, mas o dia está limitado a 24 horas. Fica impossível, então, realizar tudo o que foi planejado. Da mesma forma, acontece com o dinheiro.

Nem sempre ele existirá em quantidade suficiente para fazer o que se deseja. E qual é a única saída? Escolher. Saber que não se pode realizar tudo. É preciso que isso seja, pouco a pouco, compreendido pela criança.

E é importante ter mente que nem todas as escolhas de uma casa podem ser feitas pelas crianças. Os pais precisam exercer o seu poder nas questões que estão sob sua responsabilidade. Os horários das atividades, por exemplo, devem respeitar a organização da vida familiar. Toda a rotina pode ficar desajustada caso a escolha do horário para realizar a tarefa escolar fique sob a responsabilidade de uma criança.

Outro exemplo é a definição da alimentação. Somente os pais conseguem compreender a importância de uma alimentação saudável. Como os nutrientes serão fundamentais para o desenvolvimento do corpo. A criança está mais preocupada com a satisfação de desjos imediatos.

É importante, também, compreender que a capacidade de escolher de uma criança vai se construindo ao longo do tempo. Por isso, a complexidade das escolhas deve acompanhar essa evolução.

No início, será um brinquedo. Depois, uma parte do vestuário, e assim por diante. O número de alternativas também deve ser limitado. Em vez de perguntar com o que ela quer brincar, inicialmente devemos oferecer duas alternativas. Brinquedo A ou brinquedo B. E o leque de alternativas pode crescer aos poucos. As crianças devem entender desde cedo a importância que o "ou" terá em sua vida. É uma coisa "ou" outra.

Cecília Meireles, na década de 60, escreveu uma poesia que resume bem o dilema das escolhas, em todas as idades. Ela foi publicada em 1964 e tem como título "Ou isto ou aquilo".

Em um de seus trechos, a autora escreveu:

" (...) Ou guardo o dinheiro e não compro o doce,

    ou compro o doce e gasto o dinheiro.

Ou isto ou aquilo: ou isto ou aquilo...

    e vivo escolhendo o dia inteiro! (...)"

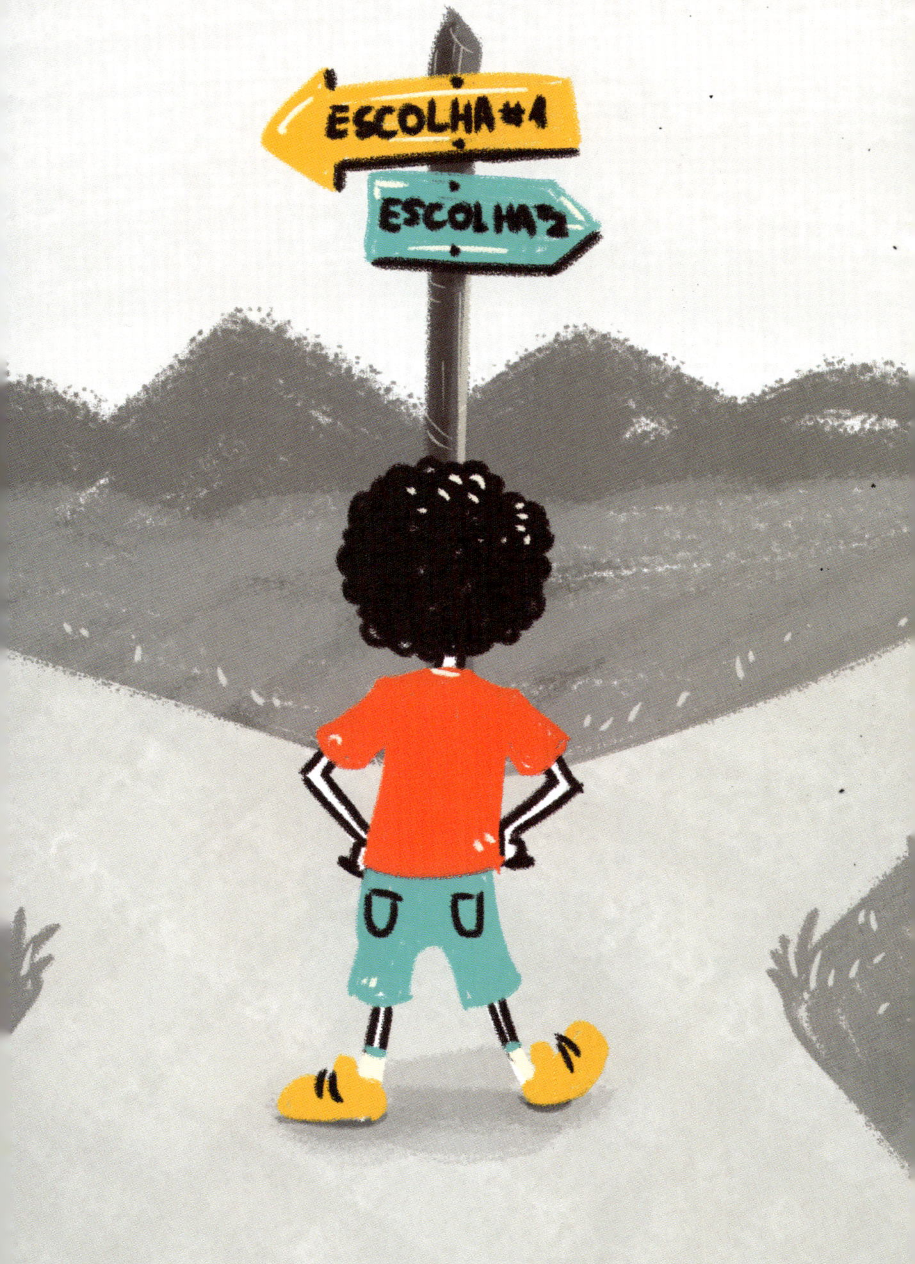
ESCOLHA #1
ESCOLHA 2

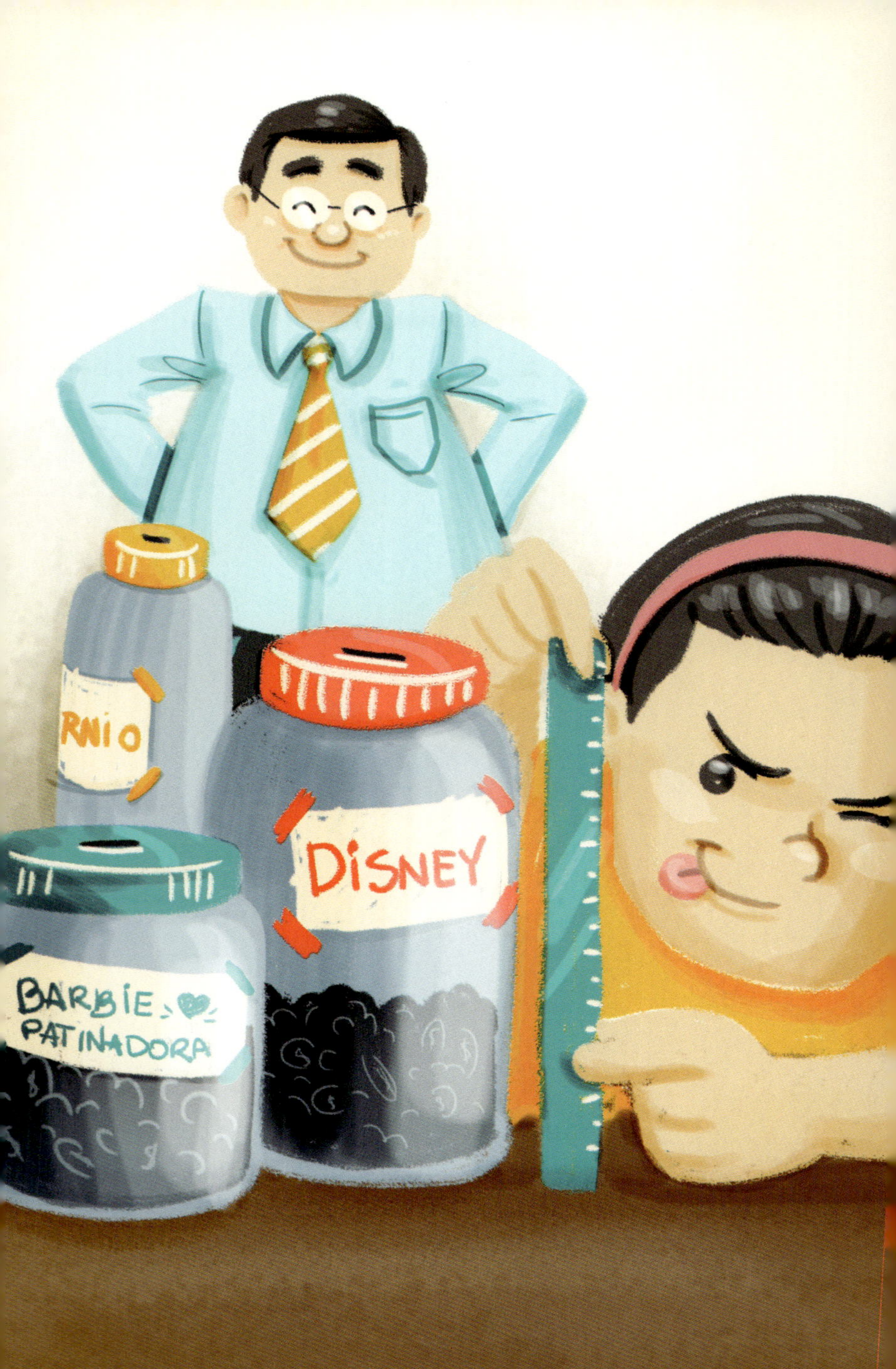
RNIO
DISNEY
BARBIE
PATINADORA

Ensinando a poupar

Como usar o cofrinho na educação financeira das crianças

Cofrinhos das mais diversas formas (que vão muito além do tradicional porquinho) estão de volta aos lares brasileiros. Ainda bem, porque eles são uma ótima ferramenta para auxiliar os pais na educação financeira dos filhos. Ajudam a criança a experimentar alguns comportamentos fundamentais para um bom processo de alfabetização financeira. O cofrinho pode transformar o hábito de poupar em uma grande brincadeira. A criança aprende a trocar o consumo presente por um consumo futuro.

Alguns cuidados são importantes para aproveitar ainda mais o potencial educativo dos cofrinhos. O primeiro é

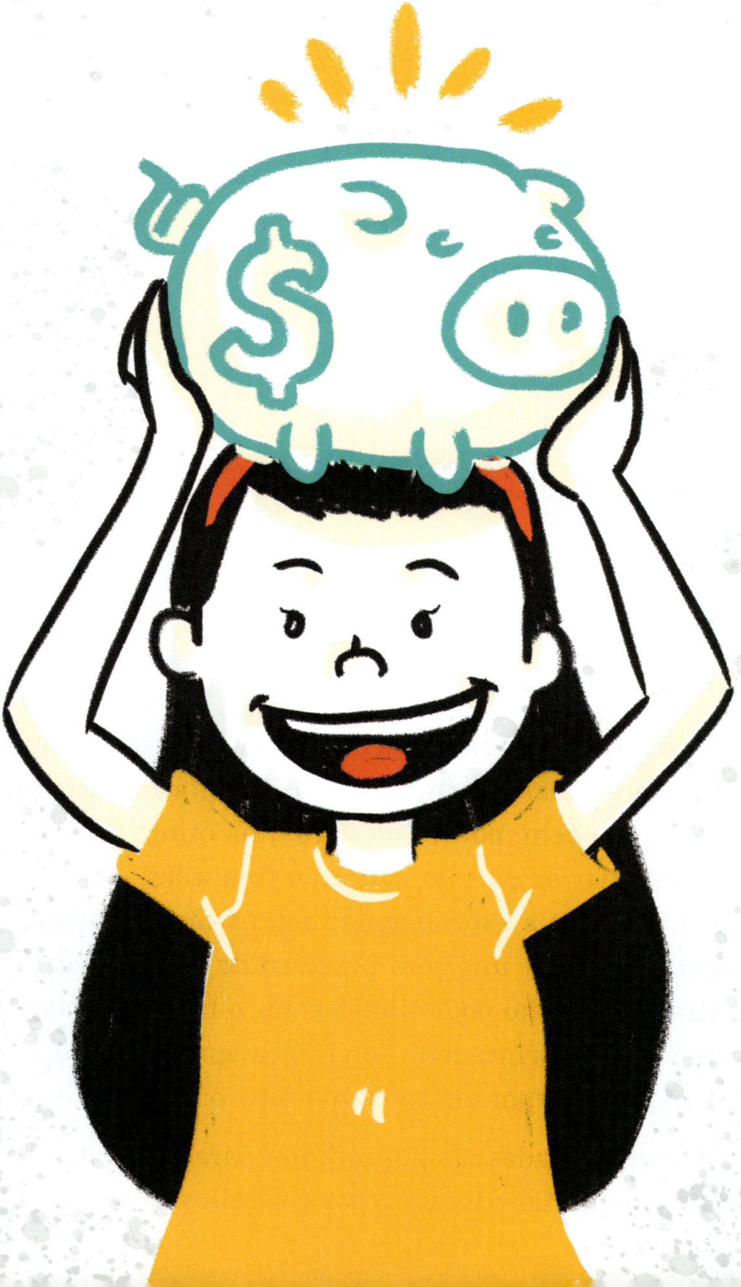

estipular o prazo de abertura deles, levando em conta a idade da criança.

Quanto mais nova, menos preparada para esperar longos períodos. Nesse caso, é importante abrir o cofrinho algumas vezes ao longo do ano. Crianças mais velhas já são capazes de esperar mais. Mas é importante lembrar: guardar moedas por tempo demais pode atrapalhar a economia do país, pois acaba faltando troco e o governo é obrigado a produzir mais moedas. Isso custa caro!

Outra questão fundamental é dar uma finalidade para a poupança, algo a ser comprado no final. A criança precisa compreender que todo o esforço que ela fez teve um propósito. O objeto a ser adquirido não tem tanta importância em si, mas evite itens de valor muito alto, que estejam fora do possível de ser guardado. Nesse caso, o risco que se corre é frustrar a criança, que passa a acreditar que a poupança não tem sentido algum.

Outro hábito a ser evitado é o de poupar indefinidamente. Isso também pode criar um costume que não é saudável. Uma pessoa que só guarda o dinheiro que ganha, sem ter um objetivo definido, não apresenta um comportamento financeiro equilibrado.

E cofrinho não é coisa só para crianças! Muitas pessoas conservam esse hábito mesmo depois de adultas. É comum observarmos cofrinhos em residências sem criança.

Com ele, conseguimos guardar pequenas quantias que seriam gastas, muitas vezes, sem nenhum controle do destino. Ao longo do tempo, um troco aqui e outro ali podem se transformar em uma boa quantia. Esse valor ajuda na realização de algo que não estava planejado, como uma viagem comemorativa no final de semana ou a ida a um novo restaurante. Quanto mais gordo o porquinho, maior pode ser o nosso sonho!

Como usar a crise a favor da educação financeira das crianças

Nos últimos anos, o cenário econômico trouxe uma série de notícias ruins para a vida financeira dos brasileiros. O desemprego afeta milhões de pessoas. O endividamento aterroriza muitas famílias. E, no meio desse turbilhão, as crianças são impactadas, uma vez que os hábitos de consumo também precisam mudar.

Uma aula sobre economia não é o melhor caminho para explicar aos pequenos o que está acontecendo. Eles não têm como compreender conceitos como déficit fiscal, superávit primário, queda do nível de atividade econômica ou escalada da taxa de juros.

De nada adianta, também, simplesmente externalizar tanta insatisfação com os rumos da política econômica do governo sem explicar à criança de uma forma que ela consiga entender.

Há um limite de maturidade e de compreensão que impede que as crianças compreendam o assunto, o que pode ser agravado quando os temas são tratados com hostilidade.

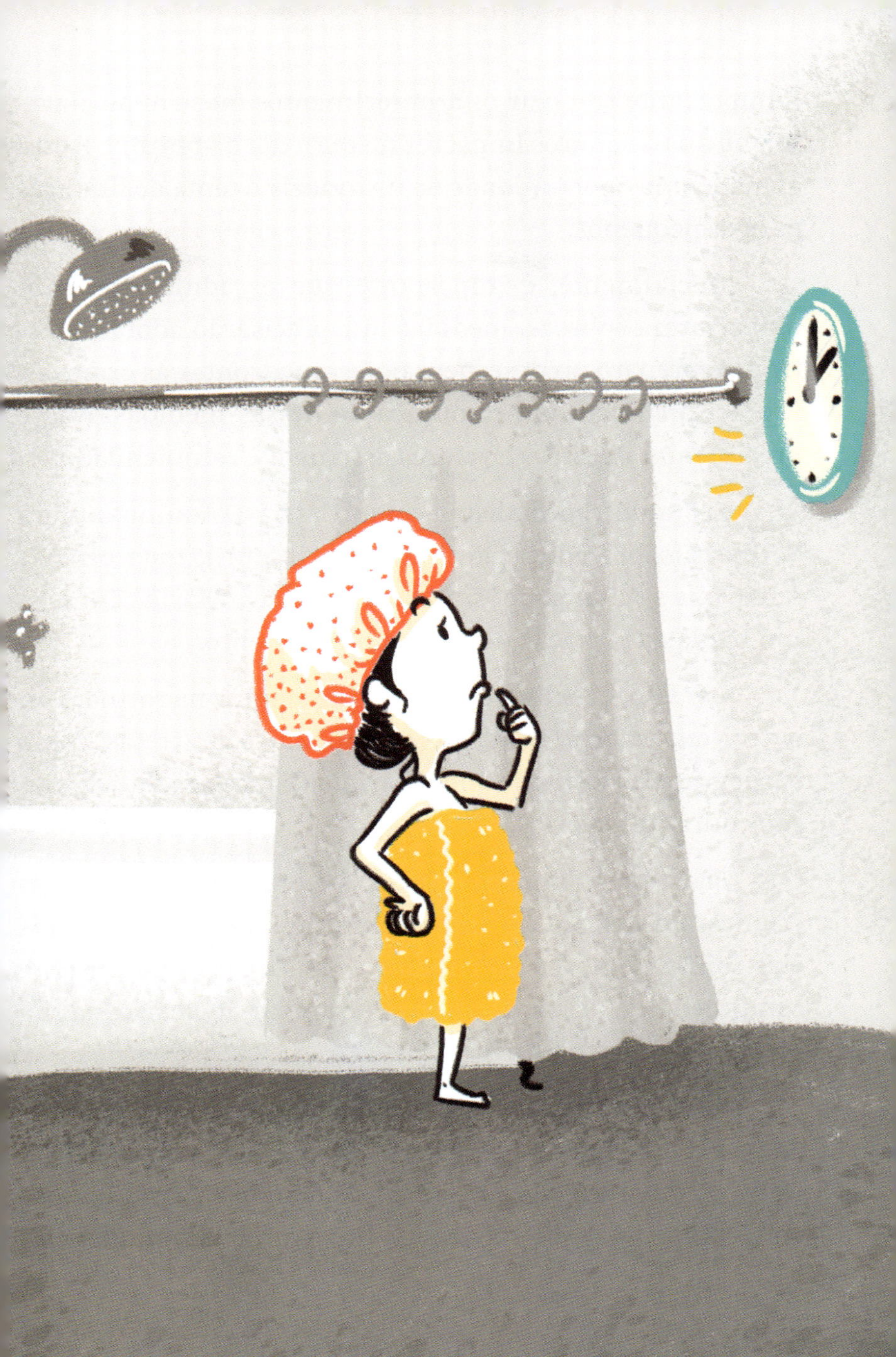

É importante traduzir os acontecimentos mostrando claramente quais serão os impactos no dia a dia da família. E está aí mais uma oportunidade de introduzir o tema de finanças para os pequenos.

Inicialmente, é importante que os adultos tenham mais clareza sobre as medidas que precisarão adotar. Mostrar despreparo ou desespero pode amedrontar as crianças. É preciso cuidado na comunicação dessas medidas. Não é preciso falar de cifras e valores, isso nem é recomendado.

Segundo especialistas como Cássia D'Aquino, autora de livros sobre educação financeira infantil, toda criança tem o que se chama de "síndrome de João e Maria". Ou seja, um medo da privação ou do empobrecimento.

Por isso, é melhor explicar as mudanças na rotina, sem entrar em valores. Falar sobre as medidas concretas, como suspensão das festas de aniversário ou cancelamento de viagens durante as férias.

Frustrações podem ocorrer, e é preciso aceitar que as crianças protestem. O importante nesse momento é que elas saibam que seu sofrimento é legítimo, reconhecido e compreendido pelos pais. Isso pode ajudar, inclusive, na sua preparação para o futuro.

Para a educadora Cássia D'Aquino, as crianças conseguem lidar com a desistência de férias, com o corte da TV a cabo ou com a restrição de saídas. Podem ficar irritadas, podem chorar, mas são capazes de lidar com essas mudanças.

O que as crianças não conseguem é lidar com o fato de os pais estarem perdidos no meio da situação.

Outro cuidado que deve ser tomado é o de cumprir o que foi determinado. Não adianta falar em reduzir as saídas e uma semana depois propor um passeio no shopping com direito a cinema, pipoca e lanche em uma rede de fast food. Isso pode confundir as cabecinhas.

Por mais que o momento seja complicado para muitas famílias, pode ser usado como uma excelente oportunidade de aprendizado para todos. Esse crescimento acabará resultando em um futuro mais equilibrado para os filhos. Provavelmente, eles se tornarão adultos bem-educados financeiramente e terão mais facilidade para alcançar seus próprios objetivos.

Dinheiro também é papo de criança

Foi-se o tempo em que dinheiro não era assunto para os filhos pequenos. As famílias de hoje introduzem o tema cada vez mais cedo. Mas há uma dúvida: existe idade certa para iniciar o aprendizado financeiro?

Para explicar essa questão, irei reproduzir aqui a entrevista que concedi para o site do Senac Minas, onde sou professor de programas de MBA.

» Por que é importante trabalhar a educação financeira desde a infância?

O aprendizado financeiro terá alcance no presente e um impacto altamente positivo no futuro do seu filho. No presente porque faz com que se sintam envolvidos e com participação ativa na vida da família. No futuro, porque aprendendo desde cedo dificilmente se tornarão adultos com graves problemas em relação ao tema dinheiro.

» Com que idade iniciar e como fazer?

Não há idade definida, mas é importante que a criança tenha maturidade para entender e participar ativamente na vida da família. São quatro pilares: ensiná-los a ganhar, gastar, poupar e doar. Isso deve ser feito por meio das situações do cotidiano. No supermercado, por exemplo, abre-se uma oportunidade de mostrar à criança a importância de fazer uma lista, deixá-la auxiliar na localização das coisas, mostrar que há um valor separado para ser gasto com aquelas compras. Uma dica é permitir que seu filho possa escolher um item que esteja fora da lista da família. Nesse momento é importante ser firme e permitir somente um, pois isso irá ensiná-lo a fazer escolhas, o que é essencial para a vida adulta.

» Mesada ou semanada devem ser adotadas?

As duas são boas ferramentas de educação financeira, mas é preciso saber usá-las para não se tornarem nocivas. O objetivo deve ser o de ensinar a poupar, a fazer escolhas, permitir que sintam que nem sempre se tem dinheiro para comprar tudo o que se deseja. A criança começa a comparar os valores das coisas, entender o valor financeiro de cada item desejado e aprender que poupar é importante para conquistar um bem mais caro.

Para os filhos mais novos, até os 11 anos, o ideal é a semanada. Nessa faixa etária a noção de mês ainda é algo distante, por isso o intervalo curto é mais interessante. A mesada geralmente deve ser estipulada após os 12 anos.

O valor é sempre definido de acordo com as possibilidades da família. Outra questão importante é que não considero positivo atrelar o dinheiro às tarefas de casa ou da escola, pois essas são obrigações que eles têm de fazer sem estarem condicionadas ao dinheiro. Em vez disso, é mais interessante comemorar com o filho as vitórias das tarefas, seja com um lanche gostoso, uma viagem ou algo do tipo.

» Como mostrar para a criança a importância do dinheiro, sem deixá-la focada nisso?

O pai e a mãe é que precisam estipular esse limite e dar exemplos em casa. É necessário mostrar que o dinheiro é importante, mas não o mais importante. Para isso, há bons exemplos de ações que podemos fazer sem o dinheiro: criar brincadeiras, ajudar os amiguinhos no "para casa", cuidar da avó, promover doações e realizar trabalhos voluntários. Outra dica para evitar o foco excessivo na questão financeira e no consumo é estabelecer datas específicas no ano para ter presentes em casa.

» Cofre e poupança devem ser adotados na infância?

Cofrinho é uma ferramenta bacana, mas também é preciso saber usar. Explicar o valor das moedas, das notas, e permitir que eles entrem em contato com isso é bastante saudável. O único cuidado deve ocorrer com a "Síndrome do tio Patinhas", pois guardar por guardar não é benéfico. Deve-se guardar planejando algo como benefício para realizar um sonho a curto prazo. Não pode ser algo intangível, nem a longo prazo, pois a criança precisa enxergar a vitória daquele ato de poupar.

As poupanças a longo prazo, para projetos maiores, como viagens e faculdade, devem ser feitas pelos pais, não pelas crianças. Lembrem-se: para os pais cuidarem dos filhos, eles têm que cuidar do seu futuro também.

Quais são as prioridades da família?

Eu e a Maria Eduarda fazemos uma brincadeira há algum tempo. Escolhemos uma marca de carro e, ao longo do trajeto que estamos percorrendo, aquele que enxerga o carro do modelo escolhido faz um ponto. Se é uma marca menos comum, a disputa dura poucos pontos. Se for o contrário, o jogo é maior. E a danadinha vence a maior parte delas. Nos últimos "duelos", o placar ficou 5 a 0 para ela. Nem lembro a última vez que ganhei.

Um dia, estávamos caminhando juntos quando a Duda me disse:

— Papai, vi um carro tão chique que nem se eu vendesse meu coração, meu pulmão, meu fígado e meu rim, eu conseguiria comprar.

E nem era um carro dos mais caros que vemos rodando pela cidade. Aproveitei a oportunidade para conversar com ela sobre prioridades. Perguntei se um carro podia valer todas aquelas partes importantes do corpo. Ela me disse:

— Foi uma força de expressão. Eu sei que eu não consigo viver sem meu coração, meu pulmão, sem tudo isso.

— Eu sei, filhota, mas o que precisamos levar em consideração para fazer uma troca?

— Essa eu sei, papai. Só devemos trocar quando for algo mais importante para nós.

Em nossa casa, carro nunca esteve entre as prioridades. Sempre tivemos um veículo, sendo ele importante para dar conforto para minha família e me ajudar nas demandas profissionais.

Mas nunca sacrificamos coisas que consideramos importantes para ter um carro melhor. Por exemplo, viagens são uma prioridade em nossa vida. Eu e minha esposa, desde o início do nosso relacionamento, fizemos essa escolha.

Adoramos viajar. E não só a viagem em si, mas todo o planejamento dela. Escolher o destino, buscar a melhor data, pesquisar sobre hospedagem e escolher o hotel. Estudar as opções de passeio, verificar a opinião de outros viajantes, buscar restaurantes. A viagem começa bem antes do embarque.

Na volta, ao mesmo tempo em que selecionamos as fotos e montamos o álbum da viagem, já iniciamos o planejamento da próxima.

Quando a Duda se juntou ao nosso time de viajantes, ela também passou a participar de todo o processo. E curte cada momento conosco. A escolha do hotel é a parte preferida. Para ela, uma condição essencial é ter piscina.

Outra coisa que a pequena adora é estudar na escola sobre um lugar que ela já visitou. Duda, então, aproveita para levar fotos do local e até mesmo um souvenir que veio de lá. É um orgulho para ela mostrar à professora e aos colegas.

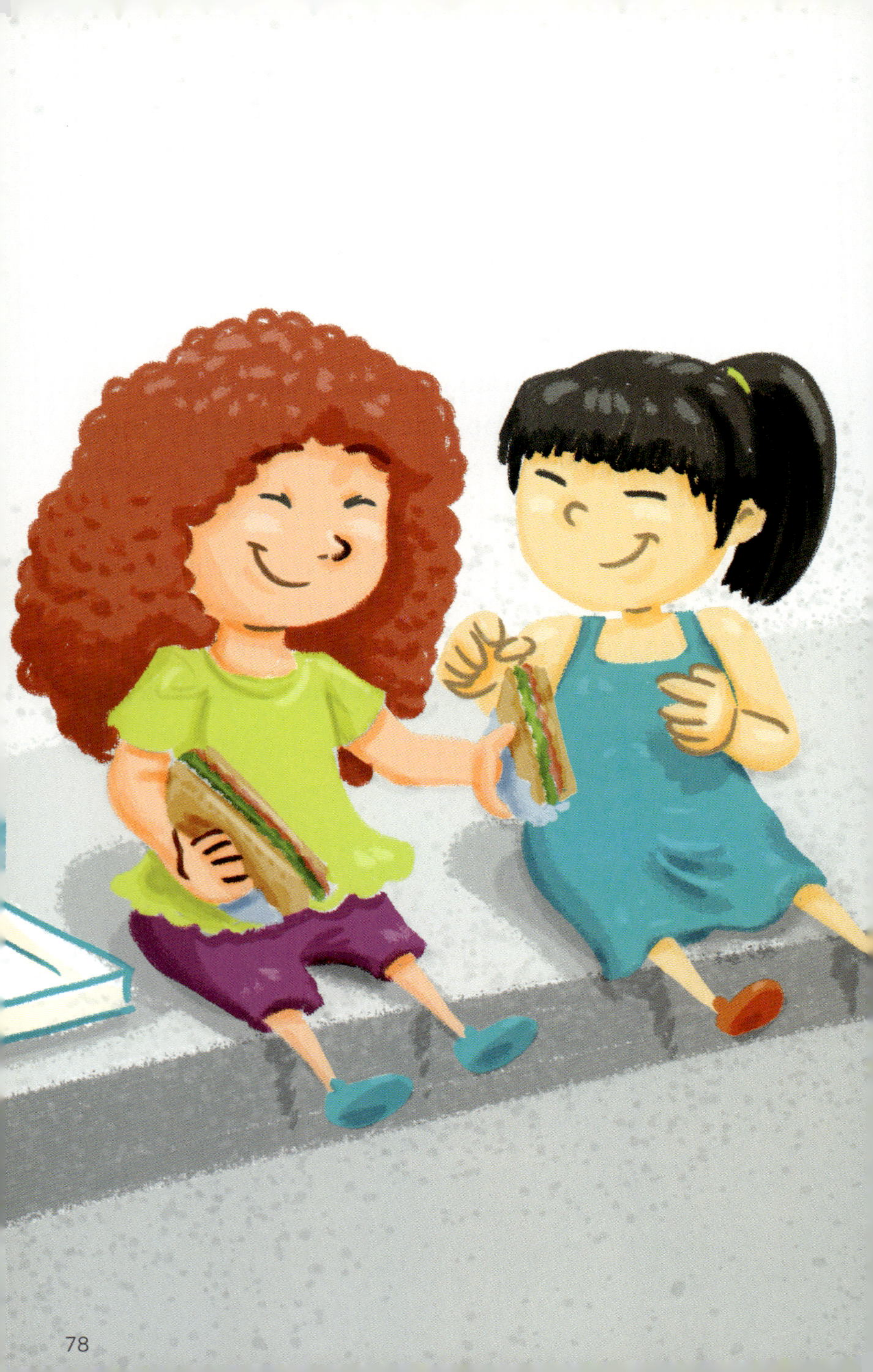

Ensinando a
doar

Você já incentivou seu filho a doar? Aprenda a fazer isso

Em um mundo cada vez mais mergulhado nos conceitos de competição e consumo, um valor importante foi deixado um pouco de lado pelos pais na educação financeira dos filhos: a generosidade.

No dicionário, uma pessoa generosa é definida como alguém dotado de caráter nobre. E doação é uma das ações que mais denotam a generosidade. Doar é o ato de transmitir gratuitamente para outra pessoa um bem, quantia ou objeto de nossa propriedade. Em um conceito mais amplo, doação vai além de dinheiro ou de bens materiais. Podemos doar nosso tempo, nossos talentos ou até parte de nós mesmos, quando doamos nosso sangue. Entender isso também é importante para completar a educação financeira de uma pessoa.

Um dos maiores compromissos dos pais deve ser o de ajudar as crianças a perceberem sua capacidade de ser generosas. Toda e qualquer manifestação de generosidade deve ser aplaudida e incentivada. E, como em todo processo de educação, os adultos devem servir de exemplo. Observar o comportamento de pais generosos ajuda na formação de filhos mais preocupados com o bem-estar alheio.

Alguns hábitos também podem auxiliar. Um deles é o de incentivar as crianças, desde pequenas, a doarem a outras crianças brinquedos e roupas que não usam mais. Por mais humilde que seja uma família, sempre haverá outras ainda mais necessitadas, especialmente em uma sociedade tão desigual como a brasileira.

Após uma data específica, como aniversário ou Natal, as crianças devem ser motivadas a separar aqueles brinquedos antigos, guardados no fundo do armário, e as roupas que não cabem mais. Mostre que tudo aquilo ainda pode divertir e vestir outras pessoas. É muito triste perceber que, em algumas casas, roupas e brinquedos entopem os armários e, por falta de generosidade, não são utilizados por outras famílias que precisam.

Outras ações também podem ser incentivadas, como sugerir que nosso filho ajude um coleguinha com dificuldades em uma matéria dominada por ele. Trabalhos voluntários em escolas, na comunidade e na igreja também são bem-vindos. Além de ajudar a formar um cidadão consciente, esses projetos colaboram para aumentar a capacidade de trabalho em equipe, característica muito valorizada no mercado de trabalho atual.

O cabelo da Duda e a sementinha do compartilhar

A Maria Eduarda foi um bebê com muito pouco cabelo. No aniversário de um ano, ela ainda era bem carequinha. Quando o cabelo finalmente passou a crescer normalmente, ficou muito lindo e cheio de cachinhos.

Não sei por qual razão, mas eu sempre disse que não gostaria que ela cortasse o cabelo antes dos 5 anos. E foi nessa idade que ela cortou o cabelo pela primeira vez. Quer dizer, não foi bem um corte. No grande momento, acompanhada pelo papai e pela mamãe, ela preferiu tirar só um pouco das pontas e fazer uma franja. Não ficou satisfeita com o resultado. A experiência foi um pouco traumática.

Poucas semanas depois, Duda estava com minha esposa, que navegava em uma rede social. Uma foto, então, chamou a atenção dela. Era uma criança sentada na cadeira do salão com um chumaço de cabelo nas mãos. Ela perguntou para a mãe o que era aquilo. Gabriela explicou que era a campanha de uma conhecida nossa para arrecadar cabelo e doar para crianças doentes que perdem o cabelo por causa do tratamento. Muitas delas gostariam de usar peruca e as mais bonitas são feitas de cabelo natural.

Depois de ouvir tudo, a Duda disse que queria doar o cabelo dela. Minha esposa explicou que ela precisava pensar bem, pois o cabelo demoraria muito a crescer novamente. Um tempo ainda maior do que a franja, que já estava demorando.

No dia seguinte, a primeira coisa que a Duda perguntou ao acordar foi se a mãe já havia marcado o salão da Tia Fafá. Naquela tarde, ela cortou o cabelo bem curto. E doou para a campanha. Para todas as pessoas da família e da escola que perguntavam por que ela tinha cortado um cabelo tão lindo, Duda sempre respondia que tinha sido para ajudar as crianças que não tinham cabelo e, assim, elas agora ficariam mais felizes.

Na nossa casa, a doação sempre esteve presente no dia a dia. Há muitos anos, sou doador de sangue. E sempre procuramos levar a Duda nas ações que realizamos. Quando íamos doar cestas básicas, ela nos acompanhava ao supermercado para ajudar a comprar. No início do ano, ela nos ajuda a escolher material escolar para ser doado.

Normalmente, depois do aniversário dela e do Natal, também damos uma organizada nos brinquedos. O que está estragado deve ir, sempre que possível, para o lixo reciclável. Os brinquedos em condição de uso e com os quais ela já não brinca mais são separados para ser doados. A mesma coisa acontece com as roupas.

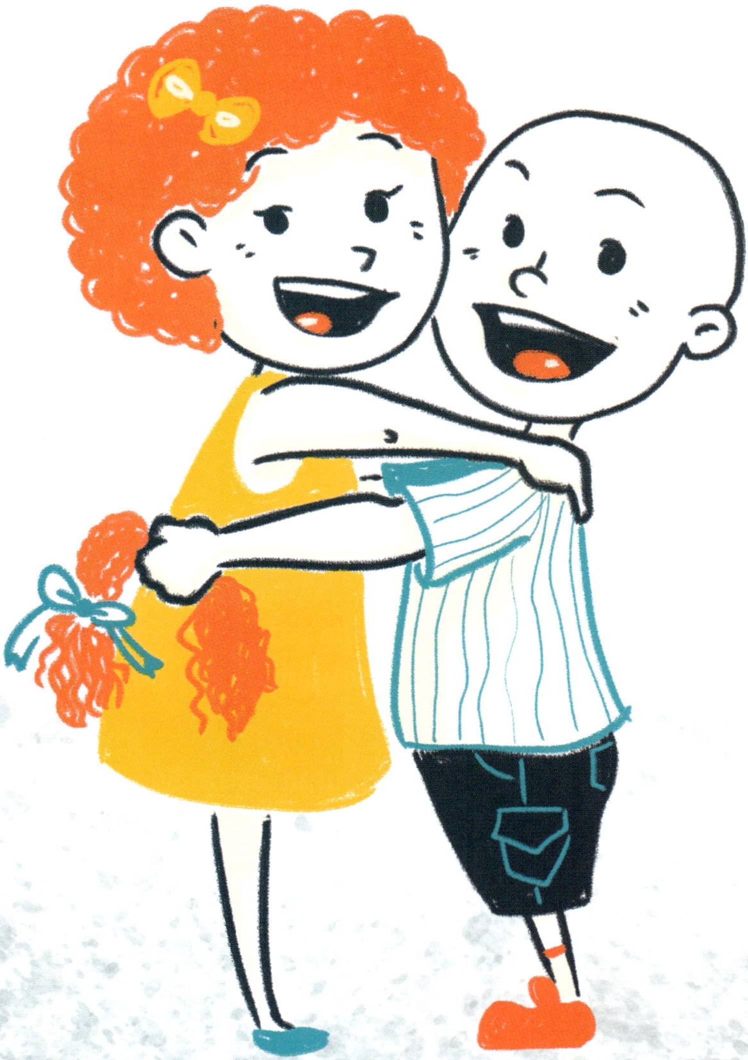

Muitas vezes, para ela, não foi fácil se separar de uma peça que gostava muito. Aí mostrávamos que, como a roupa não cabia mais, ela não poderia usar. E que uma menina menor que ela iria ficar muito feliz.

Minha filha é uma criança normal. Às vezes, não quer dividir com o irmão de dez meses os brinquedos. Mas sei que ela tem a sementinha do compartilhar dentro dela e que eu e minha esposa estamos sempre regando para que essa semente floresça.

Usado para um, novo para outro

Quando as crianças entram na escola, uma das datas mais aguardadas é a festa junina. E quando ela se aproxima, começa a tarefa épica da busca pelo traje a caráter.

No caso dos meninos, a tarefa é bem mais simples. Basta colocar uns retalhos em uma calça jeans rasgada, pegar uma camisa xadrez, um chapéu de palha e pintar o bigode. Para as meninas a missão é um pouco mais complexa e a aventura pode ser épica.

Aqui em casa, adotamos uma estratégia. A Maria Eduarda sempre usava um vestido emprestado da filha de um casal de amigos, que era um pouco mais velha. Em vez de gastar dinheiro com uma roupa nova por ano, ela então usava o vestido da Flavinha – e ainda se beneficiava com o bom gosto da mãe dela.

85

Da mesma forma, a Duda também aproveitou em vários momentos as roupas que haviam sido de suas primas. E ficava orgulhosa com a origem das peças. Dizia, por exemplo, que queria sair com o vestido que tinha sido da Júlia, para ficar linda como ela.

Vivemos em uma sociedade na qual o consumo é extremamente valorizado. A cada dia somos bombardeados com mensagens nos estimulando a consumir cada vez mais, a comprar novos produtos que nos trarão satisfação e autoestima. Mas será que é esse o único caminho?

A Duda sempre nos mostrou que não. Era sempre o exemplo da alegria e da felicidade em cada festa junina, mesmo usando o vestido da Flavinha. Ela se sentia a criança mais linda do mundo quando também usava o vestido da Júlia. Hoje, a peça de estimação do seu guarda-roupas é um short herdado de outra amiga, que cresceu e já não cabia mais dentro dele.

Esse hábito também ajudou o nosso orçamento familiar. Foram gastos que não precisamos fazer. Além do plano individual, o coletivo também se beneficiou. Recursos do planeta não precisaram ser utilizados para a confecção de mais roupas. É um passo para a sustentabilidade.

E nós também já ajudamos vários casais, da mesma maneira com a qual nos beneficiamos dessa reciclagem de coisas usadas. Várias roupas e calçados da Maria Eduarda foram emprestados para filhas de amigos. E é uma sensação muito bacana ver aquele objeto, que teve uma história em nossa família, fazendo parte da vida de outras pessoas.

Depois que as filhas de nossos amigos cresceram, e com a chegada do João Pedro, as roupas da Maria Eduarda já não tinham utilidade mais. Parte delas foi doada e a outra foi para um brechó infantil. Assim, poderiam ser usadas por outras famílias.

E, adivinha? Nós nos tornamos clientes do brechó. O João Pedro tem no armário várias peças compradas lá. Eram usadas para os antigos donos, mas são "novinhas em folha" para ele.

Férias: boa oportunidade para cuidar da educação financeira de seu filho

O mês de dezembro transforma a rotina de grande parte dos lares brasileiros. É o início do período de férias escolares e as crianças podem passar o dia inteiro em casa. Muitas famílias aproveitam para programar as viagens de férias nesse período.

A viagem, por si só, serve para ocupar o tempo livre dos pequenos. Mas e as famílias que por alguma razão não podem viajar nesse período? Como ocupar o tempo livre dos filhos?

Existem várias opções: brincar na casa de amigos ou parentes, participar de uma colônia de férias, navegar um pouco mais na internet. E tem ainda uma opção que poucos pais aproveitam: usar esse período para organizar atividades que contribuam para a educação financeira dos filhos.

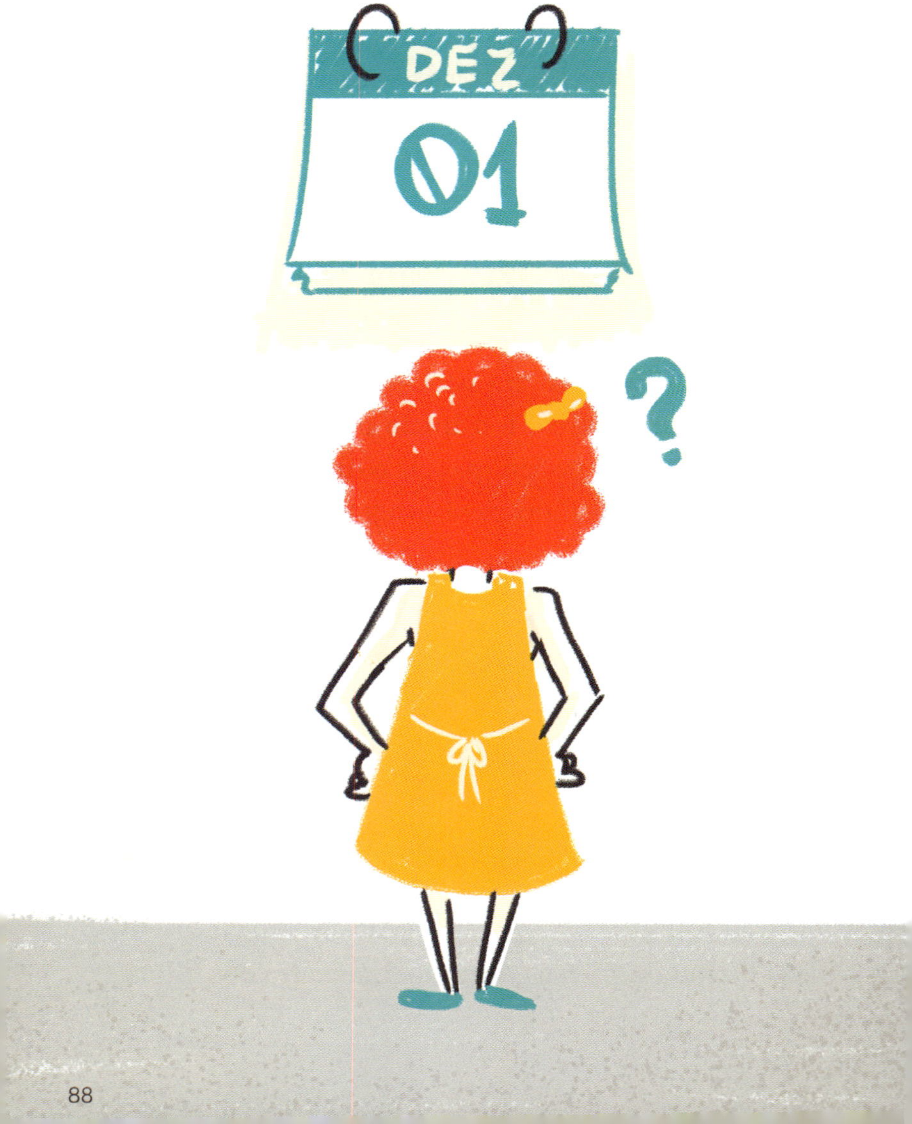
DEZ
01
?

Muito se tem escrito sobre a importância desse tema para as crianças. Tanto pelo aumento da participação delas na vida financeira das famílias, quanto pela repercussão que o assunto terá na trajetória adulta. Mas poucas são as sugestões de atividades que ajudem os pais nessa tarefa. Então, aí vão algumas.

> Para auxiliar na atividade de ensinar as crianças sobre a importância de ganhar dinheiro, uma boa dica é organizar um passeio ao trabalho do pai ou da mãe. Nele, os filhos podem aumentar o conhecimento sobre a atividade profissional dos pais, entender um pouco mais sobre o ambiente de trabalho, sobre os produtos ou serviços que os pais ajudam a colocar no mercado e até mesmo conhecer outras atividades profissionais presentes na empresa. Se não for permitida a ida em dias úteis, os pais podem levar os filhos no final de semana. A simples visão do local de trabalho já torna mais concreto o conceito de trabalho para as crianças.

> Para ensinar a gastar, uma simples ida ao supermercado pode se transformar em uma grande e divertida oportunidade de exercitar esse valor. Já falamos sobre isso nos capítulos anteriores. Da mesma forma, um passeio ao shopping center também permite uma série de atividades. O primeiro passo é o levantamento dos gastos previstos para aquele dia. É importante mostrar que o principal objetivo do orçamento é verificar

se há recursos suficientes para determinados gastos. Estacionamento, ingresso de cinema, pipoca, lanche. Tudo deve ser considerado. Na volta, a família deve verificar se o orçamento previsto foi realizado. E em caso negativo, deve-se mostrar para as crianças como isso compromete os programas futuros.

! Uma terceira atividade pode ajudar os pais a ensinarem como doar, mostrando a importância de compartilhar. É excelente aproveitar o período de férias para que as crianças ajudem a separar brinquedos e roupas que não estão mais em uso. Elas podem participar do processo de escolha do destinatário final. Ajudar no transporte da doação também pode ser muito positivo. Outra ideia é visitar um centro de doação de sangue e mostrar como a atitude daqueles que estão doando vai ajudar a salvar a vida de pessoas desconhecidas.

! As férias também podem ser um bom momento para o início do estímulo à poupança. Pode ser a hora de começar a engordar o porquinho há muito esquecido dentro do armário. Troque alguns reais em moedas e dê para seu filho guardar no cofrinho. Questione sobre algo que ele gostaria de comprar hoje. Combine que, dali em diante, todas as moedas ganhas nos trocos irão para o cofre. Faça um cálculo do tempo necessário para conseguir o valor do produto escolhido. Marque em um calendário a data prevista. A partir daí, é só ir guardando as moedinhas e esperar a data chegar.

Uma dúvida frequente dos pais é se haveria uma idade indicada para colocar em prática essas atividades. Não há um consenso entre os especialistas. Acredito que desde o momento em que a criança começa a manifestar desejos de aquisição, os pais já devem se preocupar com a educação financeira. Hoje é cada vez mais comum que isso aconteça já por volta dos 2 ou 3 anos de idade.

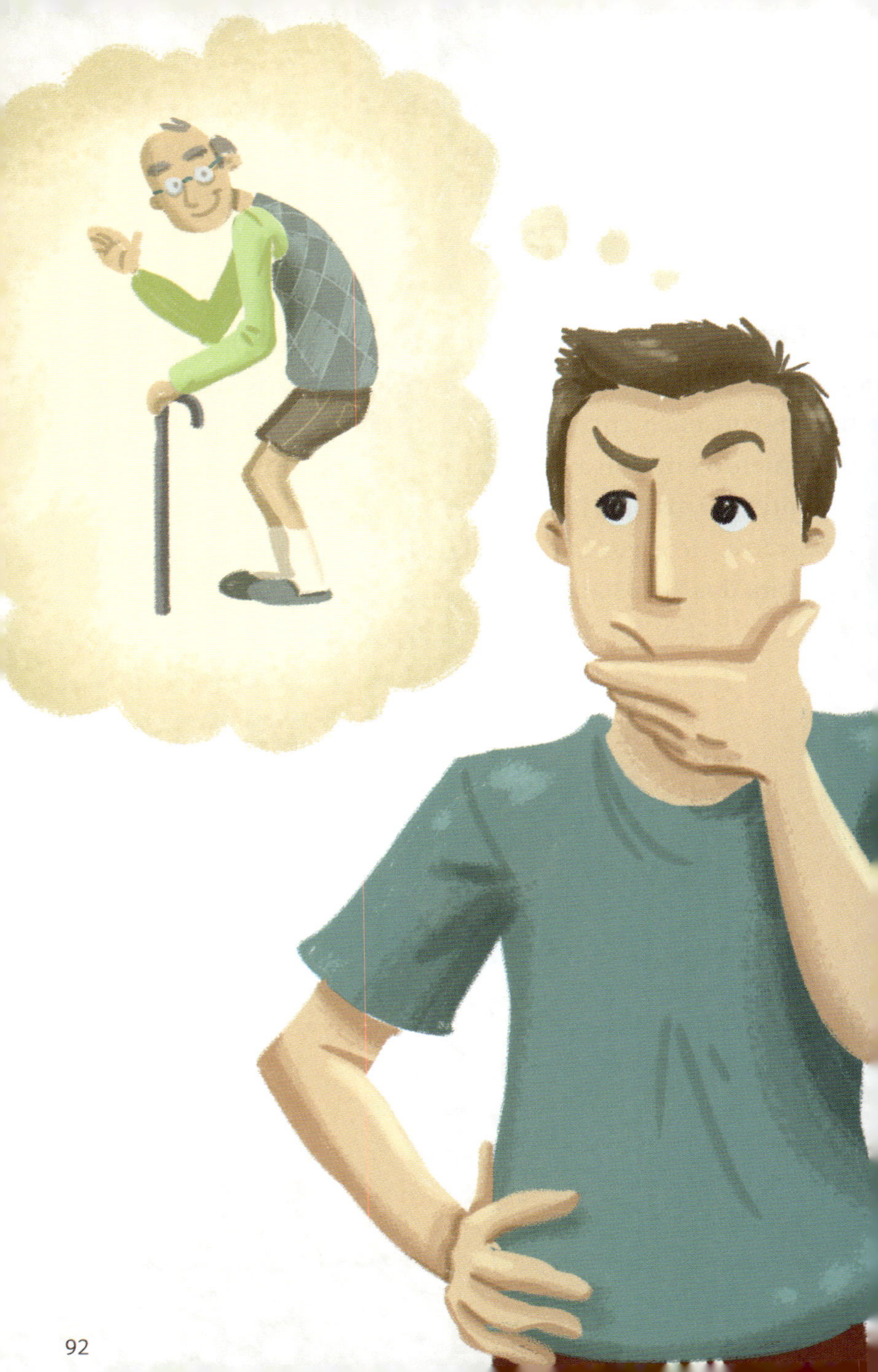

Reflexões para

os pais

A chegada de um filho representa um gasto milionário para os pais?

Pouco tempo após o casamento, os casais começam a ouvir uma pergunta recorrente: "Quando pretendem ter bebê?". Se confiarem nos conselhos de alguns planejadores financeiros, a resposta talvez seja uma só: nunca.

Muitos livros e artigos trazem uma relação dos investimentos que a chegada de uma criança representa. Fazem cálculos que mostram que criar um filho gera um gasto superior a um milhão de reais ao longo dos anos.

As despesas começam já na descoberta da gravidez. São muitos exames de pré-natal. Vale a pena ter um bom plano de saúde. E a casa, está preparada para a chegada do novo morador? Um quartinho tem de ser montado e isso exige novas mobílias, uma decoração mais acolhedora. Não se esqueça do enxoval: muitas roupinhas, agasalhos, sapatinhos, utensílios e equipamentos, como carrinho e bebê-conforto.

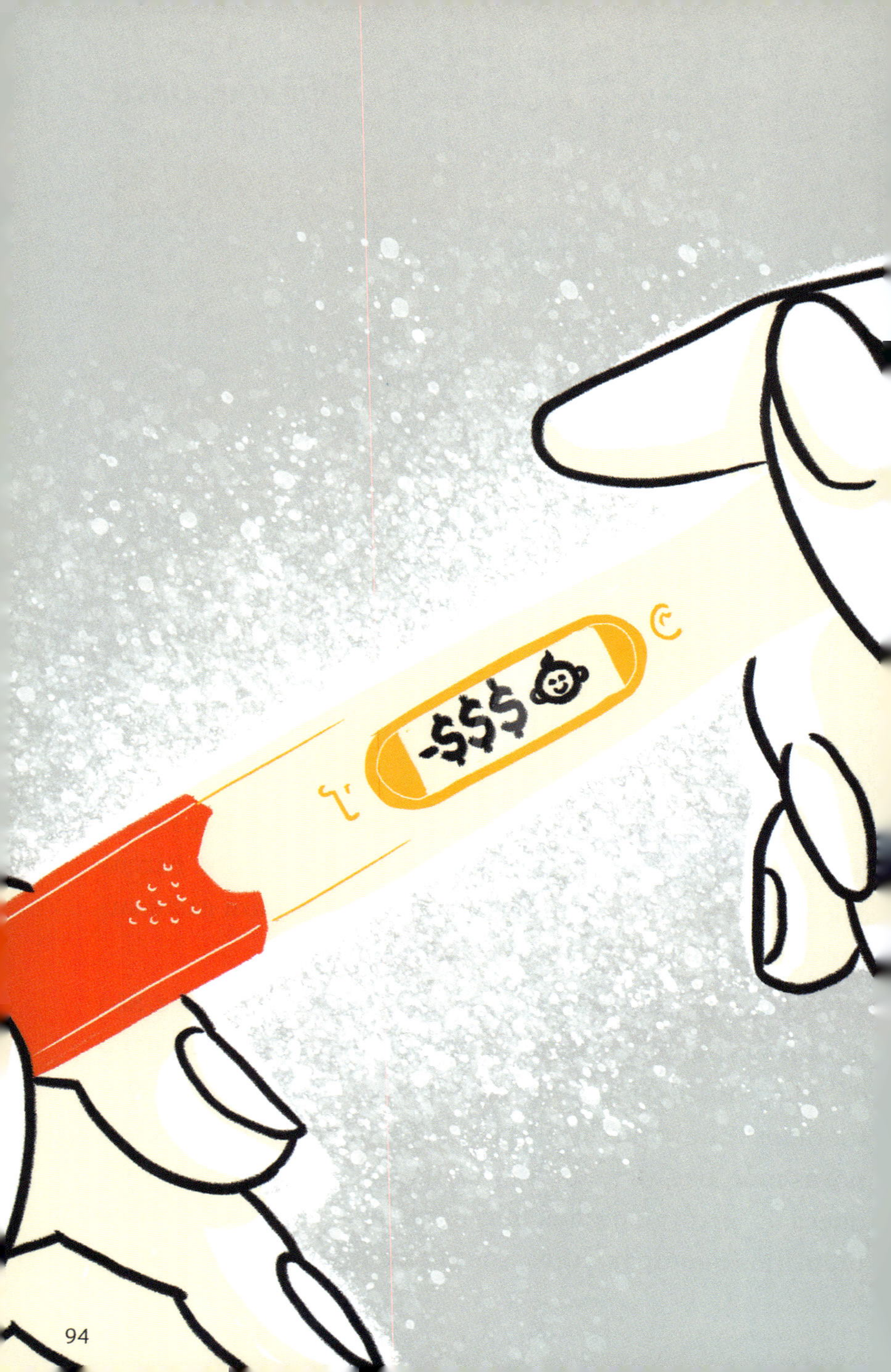

Hoje, o avanço do ultrassom permite aos pais saberem o sexo do neném com bastante antecedência. Ufa! Pelo menos isso.

Chega o parto (e com ele, os gastos médicos). Agora, já com o bebê em casa, começa uma nova maratona de despesas: ajudante para auxiliar nos primeiros cuidados, as primeiras fraldas (são muitas!). Tudo caminha bem, mas a preocupação com a saúde da criança determina a aplicação de algumas vacinas ainda não oferecidas pelo governo. Para muitos bebês, há a necessidade de se complementar o leite materno. E lá se vão carrinhos lotados com latas de leite em pó.

A criança cresce. Chegam novos gastos com alimentação e vestuário. Em pouco tempo, está na hora de pensar na educação. Hoje, infelizmente, são poucas as opções de ensino público. Os gastos com mensalidades e material escolar são imensos. Isso sem falar nas festinhas de aniversário. Não só as do seu filho. Também as dos amiguinhos, sendo que é preciso levar presente. Inclua nessa conta brinquedos e atividades de lazer. E tenha a certeza de que, com o passar do tempo, muitos outros gastos virão.

É, pensando racionalmente, a decisão parece mesmo inviável. Mas ainda bem que nem tudo em nossas vidas se baseia exclusivamente no aspecto financeiro. Alguns prazeres da paternidade não têm preço. Ver seu filho dizer as primeiras palavras, dar os primeiros passos, contar os primeiros números, rir com as primeiras alegrias e chorar com as primeiras tristezas. Continuar crescendo e tornando-se um adulto. Isso vale qualquer investimento!

E a boa notícia é que dá para fazer tudo isso de forma planejada, sem tanto sufoco. Para isso, é necessário se preparar para a chegada do bebê. Ao decidir engravidar, um casal deve organizar a poupança para os primeiros gastos. Também é necessário refazer o orçamento doméstico, acrescentando as novas despesas. E nunca, nunca, cair na tentação de fazer coisas que escapam do padrão de consumo da família. Quando cair na tentação dos presentes materiais, lembre-se que para uma criança existe algo muito mais importante do que roupas e brinquedos da moda: o amor de seus pais.

E o irmãozinho? Quando chega?

Depois do primeiro filho, e principalmente se ele já tiver alguns aninhos de vida, a pergunta que se torna frequente na rotina dos papais e mamães é: "Quando vem o irmãozinho?". Muitas vezes, parece ser o único assunto para familiares e amigos.

O que poucos "pressionadores" lembram é que há muitas questões a serem consideradas pelo casal antes de tomar essa decisão. Algumas de foro mais íntimo, mas várias ligadas a questões bem práticas. Será que nossa residência comporta mais uma criança? Será que vale o ditado popular: onde come um, comem dois? Será que o orçamento da casa não irá para o vermelho?

Alguns recorrem a uma conta simples. Se eu gasto x com um filho, gastarei 2x tendo dois filhos. Mas será que isso é verdade?

Acredito que não. Primeiro, em razão de os pais poderem aproveitar no segundo filho toda a experiência adquirida no primeiro. Quantos erros foram cometidos e que poderão ser evitados. Muitos desses erros significaram gastos desnecessários.

Na criação do João Pedro, eu e minha esposa temos aproveitado muitas lições que aprendemos com a Maria Eduarda. E fomos aplicando correções desde o início. Quando minha esposa ficou grávida da Duda, começamos a planejar o enxoval. Recorremos a amigos, dicas de especialistas. E montamos a nossa lista. Acabou sendo, pela nossa inexperiência, bem maior do que o necessário.

Gosto sempre de dar dois exemplos. Todos os amigos falaram que uma babá eletrônica era fundamental. Acabamos comprando uma de última geração na época. E ela foi utilizada somente uma vez, quando testei em um jantar com amigos antes do nascimento da Duda. Depois disso, nunca mais.

A Maria Eduarda, quando nasceu, dormiu por quase um mês em nosso quarto. Depois, o quarto dela era tão próximo do nosso e da sala de televisão que qualquer barulho era notado com facilidade.

Outro produto que compramos estimulados pela opinião de conhecidos foi o carrinho de bebê. Minha esposa pesquisou sobre as tendências. Em uma viagem de férias, vimos o modelo que ela estava namorando em oferta. Compramos e passamos a viagem toda carregando aquela caixa.

Era um modelo robusto, de três rodas. Acabou sendo utilizado uma única vez. Mal coube no meu carro. Abrir e fechar o tal carrinho então era uma batalha. Acabou estacionado na casa da avó.

Após o aprendizado, o enxoval do João Pedro foi bem mais enxuto. Já sabíamos o que era útil ou não.

Outra questão importante é a possível economia de gastos que o casal terá no segundo filho, aproveitando tudo o que foi usado para o primeiro. Móveis, roupas, brinquedos. Mesmo quando não são do mesmo sexo, é possível fazer adaptações. O João Pedro herdou da irmã os móveis do quarto. Já usou, e ainda usa, roupas que foram da irmã. A Duda tinha várias peças unissex. Se ele tivesse nascido menina, a economia seria ainda maior. Guardamos uma variedade grande de roupas da Duda em excelente estado.

Além disso, os gastos não serão dobrados porque muitas escolhas que faremos para o segundo filho poderão ser diferentes daquelas feitas para o primeiro. A Duda, por exemplo, entrou na escolinha com um pouco menos de 3 anos. Ou seja, temos gastos com mensalidade escolar desde então.

Para o João Pedro, estamos fazendo uma escolha diferente. Ele só vai entrar na escolinha depois que tiver completado 4 anos. Até essa idade, continuará frequentando um espaço de brincar. O valor mensal é menor que uma mensalidade escolar. Lá, ele também está se desenvolvendo e se socializando. E em uma área livre enorme, o que é a cara dele!

Você está preparado para ter seu filho morando em casa até depois dos 40?

Antigamente, o maior sonho dos jovens era começar a trabalhar, ter uma renda e conquistar a independência, simbolizada pela saída da casa dos pais. Os dados apresentados pelo último Censo mostram que essa realidade mudou. O número de adultos vivendo com os pais cresceu bastante. Alguns fatores explicam esse fenômeno.

O primeiro deles é a troca de prioridades por parte dos jovens. Hoje, eles buscam deslanchar nas carreiras escolhidas para, somente após alcançar alguma estabilidade, buscar a constituição de uma família (que já não é um objetivo unânime).

Nesse sentido, a maior preocupação com a formação acadêmica e a ampliação da oferta de cursos superiores foram determinantes. Depois de concluir o curso de graduação, muitas vezes seguido de uma pós-graduação, chega o momento de encontrar um bom emprego. E aí começa a batalha pelo crescimento profissional. É hora de dedicação total. Continuar morando com os pais é fundamental para diminuir despesas e até mesmo contar com alguma ajuda financeira. Encontrar alguém e formar uma família passam a ser objetivos secundários.

Outro fator é a mudança de tamanho das famílias brasileiras. O melhor planejamento familiar e a diminuição da taxa de fecundidade das mulheres brasileiras levaram a uma revolução nas nossas famílias. Antes numerosas, agora elas são cada vez menores. Ter um número grande de filhos é raro. Uma família com três crianças já é considerada enorme. Essa diminuição permitiu aos pais garantir uma melhor qualidade de vida aos filhos. Anteriormente, quando tinham muitos herdeiros, os pais contavam com a diminuição de despesas após a saída dos mais velhos para prover o sustento dos filhos menores.

A crise da economia brasileira nos últimos anos também ajudou a consolidar esse fenômeno. Com a diminuição dos postos de trabalho, ficou mais difícil para os jovens se encaixarem no mercado de trabalho. Sem renda, não é possível, mesmo para aqueles que desejam, sair de casa. O caminho inverso é mais comum. Muitos que já tinham adquirido a independência, desempregados, tiveram como única alternativa retornar para a casa dos pais.

E quais são as consequências disso? Para os filhos, um amadurecimento cada vez mais tardio, inclusive em seu comportamento financeiro. Alguns jovens quase adultos ainda desconhecem os compromissos financeiros e, muitas vezes, garantem o padrão de vida contando com a ajuda financeira dos pais. Para estes, o risco de sustentar por muitos anos um filho adulto é dificultar a formação de uma economia que será necessária no momento da aposentadoria. Em outras palavras, compromete a tranquilidade financeira na velhice.

Para evitar essas consequências negativas, é preciso investir na educação financeira da família. Dos pais e dos filhos!

Para educar os filhos, pais e mães devem falar a mesma língua

João acaba de pedir algo para sua mãe. Após receber uma resposta negativa, vai logo dizendo:

- Pode deixar! Vou pedir para o meu pai.

E se a resposta do pai for positiva, um sinal amarelo pode se acender naquela casa. Com certeza a mãe não ficará satisfeita ao saber que sua posição foi desrespeitada pelo pai. Mas ainda pior que o conflito de casal é a possível confusão na cabeça da criança. Ela percebe quando pai e mãe estão falando línguas diferentes.

Para educar um filho, é preciso que os adultos estejam em sintonia. Quando se trata de educação financeira, isso é ainda mais importante. Só é possível introduzir as noções de maneira efetiva se houver uniformidade nos valores que serão ensinados. E o diálogo é a única maneira de chegar até esse ponto.

Vou dar um exemplo. Imagine uma situação em que um lado do casal pretende passar para os filhos a importância de fazer boas escolhas com o dinheiro. E que escolhas mal feitas podem trazer consequências negativas. Para isso, ele acaba assumindo uma posição dura quando o filho acaba antes do tempo com sua mesada. "Mais dinheiro somente na próxima data combinada", diz. Toda essa ação cairá por terra se o cônjuge ceder ao pedido do filho.

A principal consequência será para a formação da criança, que crescerá achando que não há limites para os gastos. Na idade adulta, essa criança será uma forte candidata a viver dependurada no cheque especial ou no cartão de crédito. A atitude do pai ou mãe "mão aberta" tem um papel fundamental nisso.

E tem mais! Além de pai e mãe falando a mesma língua, todas as pessoas que participam da educação da criança também precisam estar em conformidade. Avôs, avós, tios, madrinha, padrinho. Todos esses adultos podem ajudar bastante os pais. Mas infelizmente também podem atrapalhar – e muito.

Após uma palestra que ministrei sobre educação financeira para filhos, fui procurado por uma avó. Ela disse que só entendeu naquele momento a fúria da filha no dia anterior. Veja bem a história. A senhora levou o neto para o clube. Ele pediu um picolé. Então, ela lhe deu R$ 50,00 e disse que podia ficar com o troco. Quando a filha soube, ficou uma fera. A avó havia dado sem razão alguma um valor que representava quase um mês de mesada do neto. E a senhora acreditava não ter feito nada demais. Somente durante a palestra é que ela foi entender como sua ação podia atrapalhar a educação que a filha estava dando. A parte boa é que ela compreendeu a importância de se falar a mesma língua!

Festa de aniversário dos filhos é um gasto desnecessário?

Em uma das primeiras palestras de educação financeira a que eu assisti, o palestrante (muito famoso na época) deu uma série de conselhos para se gastar menos. Em um deles, disse que achava um verdadeiro absurdo pais gastarem com festas infantis. Para ele, um gasto totalmente desnecessário. Afinal, as crianças não sabem bem o que é tudo aquilo. Citou até um caso, do seu próprio filho. Ele tinha se tornado pai e queria comemorar o primeiro aniversário do herdeiro. Disse, então, que em casa de ferreiro o espeto não seria de pau. Acabou convencendo o menino do desperdício que seriam os gastos com a festa. Mostrou que aquele valor, se fosse devidamente investido, poderia ser utilizado no futuro para algo, segundo ele, mais nobre.

Diante do questionamento da esposa, que achava que poderia ser traumático para o filho saber que não teve uma festinha de 1 ano, ele teve uma grande sacada. Sugeriu que a família aproveitasse a próxima festa para a qual fosse convidada e pedisse licença aos anfitriões para tirar umas fotos na mesa de parabéns. Com isso, o filho poderia ver os registros da "sua" festinha de aniversário. A plateia riu bastante. Não foi o meu caso.

Primeiro, porque acredito que não se pode generalizar esse tipo de comportamento. Gastar com festa, para ele, pode ser desnecessário. Mas para muitas famílias é algo importante de verdade. E pode ser inclusive uma oportunidade para trabalhar a educação financeira das crianças.

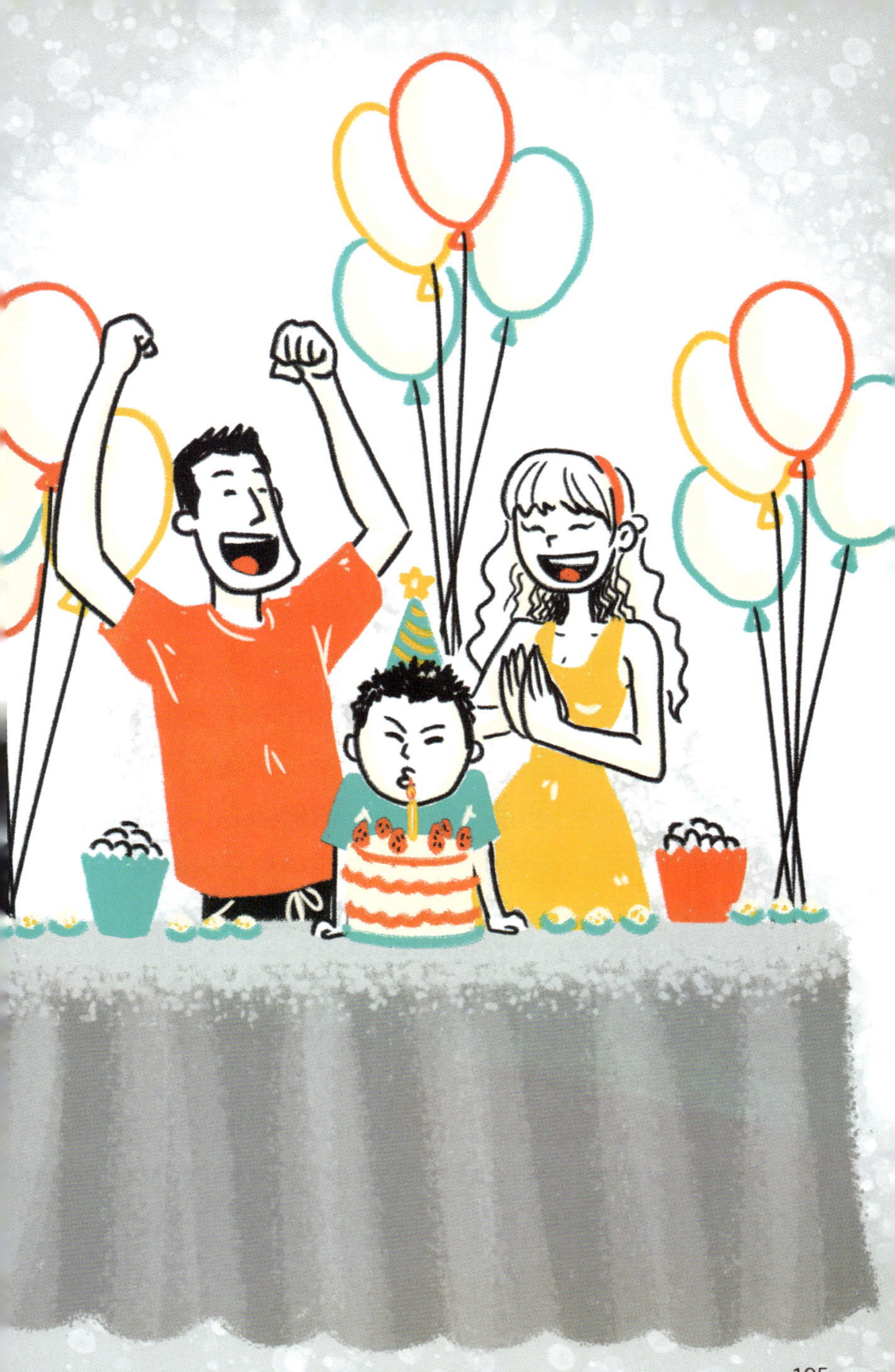

Lá em casa, nós sempre comemoramos os aniversários da Duda e do João Pedro. Acreditamos ser uma forma de celebrar o crescimento deles e marcar as conquistas de cada etapa. Mas temos um princípio importante. Os gastos da festa são limitados às possibilidades do nosso orçamento familiar. E isso faz com que as comemorações demandem escolhas.

Não podemos fazer tudo o que gostaríamos ou o que eles sonham. Mas sempre utilizamos a criatividade como forma de mostrar a importância daquele momento. Buscamos novas ideias para que a festa de cada ano seja diferente e não fuja do orçamento. A Duda já teve festinha no cinema (assistindo "Madagascar" com os amigos), no teatro (com uma apresentação do "Pluft – O fantasminha camarada" para seus convidados) e um delicioso piquenique no parque, em Belo Horizonte.

No ano passado, ela queria uma festa do pijama. E minha esposa se empenhou bastante para que aquele momento fosse especial. O quarto do hotel ficou bem decorado e cada convidada recebeu um pijama customizado. O valor estava dentro de nossas possibilidades. Tenho certeza que a farra daquela noite será uma memória guardada para sempre por Duda e suas amiguinhas.

E assim pretendemos fazer em todos os anos. Criar festinhas marcantes para a Duda e para o João Pedro. É a nossa receita, que pode ou não servir para outras famílias.

Que tal realizar o sonho do seu filho? Planejamento desde cedo é essencial

Acredito que todos os pais e mães têm o desejo de presentear os filhos em datas marcantes. Quem nunca sonhou em dar uma festa linda para a filha quando ela completar 15 anos? Ou conseguir pagar aquele intercâmbio na Austrália no início do Ensino Médio? Quem sabe o primeiro carro, assim que entrar na faculdade?

As possibilidades são muitas, mas a realidade às vezes inviabiliza esse sonho. E não é só por falta de dinheiro. A maior parte não consegue, também, por falta de planejamento.

Eu sempre quis que a minha filha realizasse algo especial quando completasse 18 anos. Acho que é uma data marcante, bem significativa. E não queria que isso dependesse da minha condição financeira na oportunidade. Qual foi o caminho que escolhi? Começar a me preparar logo. Fiz para Duda um plano de previdência no dia em que ela saiu da maternidade. E escolhi uma contribuição que não fosse significativa no nosso orçamento familiar, que não tivesse um peso. Ou seja, que eu não precisasse cortar em qualquer eventualidade.

A primeira contribuição foi de R$ 100,00. E, desde então, o investimento foi crescendo. Aumentei pouco a pouco as contribuições mensais nesses quase 10 anos. Hoje, contribuo mensalmente com R$ 180,00.

Até o seu 18º aniversário, a Duda deve ter, com o valor já acumulado e fazendo uma projeção conservadora, algo em torno de R$ 50 mil. Esse valor pode ser usado para comprar um carro ou fazer uma grande viagem. Tenho certeza de que ela vai escolher algo importante. Brinco que o dinheiro só não poderá ser usado para viajar com o namorado. Nesse caso, ele volta para mim. Mas é brincadeira! Espero que ela não leia este texto...

Para o meu segundo filho, fiz a mesma coisa, mas de forma um pouco mais lenta. O plano dele só se iniciou quando ele já tinha dez meses. Uma mudança na legislação me atrapalhou um pouco. Era necessário que ele já tivesse CPF para iniciar o investimento. Pretendo, ao longo do tempo, compensar o atraso.

Meu grande aliado nesse projeto é o tempo. Com ele, e com os juros recebidos nas aplicações, o capital tende a crescer bastante, transformando um esforço não tão significativo em uma enorme recompensa.

Outra ferramenta fundamental é a disciplina, para manter a contribuição a cada mês, não apenas em momentos de folga no orçamento. O pouquinho constante é que resultará em um valor considerável no final.

Um cuidado importante é buscar o investimento adequado. Pela facilidade, o ideal seria abrir uma caderneta de poupança e ir depositando o dinheiro todo mês. Mas o rendimento é bem pequeno e mal consegue acompanhar a inflação. Isso significa que o capital não vai crescer. Quando muito, vai manter o poder de compra do dinheiro guardado

Nesse aspecto, vale a pena pesquisar. O mercado financeiro no Brasil oferece boas possibilidades de investimento para capitalizar recursos. Muitos com baixo risco e várias oportunidades. Tesouro direto e CDBs de bancos médios são apenas algumas opções.

E, então? Ficou animado? É hora de começar o planejamento. O tempo voa!

Como planejar para ajudar nossos filhos a realizarem os seus sonhos

Se, por um lado, os pais começam a projetar o futuro dos filhos desde o momento do nascimento, por outro lado eles terão os seus próprios sonhos quando o futuro chegar.

Muitas vezes, os pais sonham com a festa de 15 anos, com o intercâmbio na adolescência, com o carro para marcar a chegada aos 18 anos. Mas será que esses serão os sonhos deles nessa idade? Em vez da festa, a filha pode desejar uma viagem com um grupo de amigas. Em vez do carro, o filho pode desejar um curso no exterior.

E como os pais podem ajudar a garantir a realização desses sonhos? Com planejamento e educação. Inserindo no cotidiano dos filhos o mundo da poupança e dos investimentos. E cuidando desses investimentos desde cedo.

Dessa forma, estamos trabalhando em sonhos que eles terão no longo prazo. E essa poupança pode ajudar também na realização de desejos de curto e médio prazo.

Eu, por exemplo, abri para cada um dos meus filhos uma caderneta de poupança. E para lá vai o valor das moedinhas dos cofrinhos que abrimos de tempos em tempos. No caso da Duda, já vai também alguma economia que ela faz da sua semanada. O dinheiro da poupança normalmente é utilizado quando vamos fazer uma viagem. Acaba servindo para a Duda comprar algo que ela goste. E isso nos ajuda a treinar com ela o processo de escolhas. Com certeza, o dinheiro não é suficiente para comprar tudo o que ela gostaria. Tem de priorizar, decidir o que é mais importante.

Em janeiro de 2014, estávamos pesquisando uma colônia de férias para ela. Normalmente, a Duda ia para a do clube onde somos sócios, mas o preço havia subido muito. Quando ficou sabendo que iria para outra, ela ficou chateada. Argumentei que estava muito cara. Ela me perguntou, então, sobre a poupança, se o dinheiro daria. Eu falei que sim, mas disse que se ela usasse não teria dinheiro para gastar na próxima viagem. "Está ok", disse. "Prefiro a colônia de férias." E assim fizemos.

É preciso fazer reserva para emergências

Quando um casal decide ter um filho, já começam as preocupações financeiras. Afinal, novos gastos irão se incorporar ao orçamento familiar. Muitos deles podem ser previamente levantados, como já falamos aqui, mas vários passam longe de qualquer possibilidade de cálculo.

Como as despesas podem variar, o orçamento familiar precisa ter uma flexibilidade maior. Não pode estar todo comprometido com contas fixas. Se esse for o caso, qualquer aumento nos gastos do bebê pode levar a um desequilíbrio financeiro, porta aberta para o endividamento.

Vou dar exemplos pessoais. Quando o João Pedro nasceu, pela experiência que tivemos com a Maria Eduarda há anos, fiz uma estimativa do gasto mensal com fraldas, remédios e alimentação. Assim como a Duda, ele precisou de complementação alimentar desde o início. O problema foi que o João Pedro não se adaptou aos produtos tradicionais. Tinha problemas na digestão, o que atrapalhava o sono.

Por recomendação da pediatra, testamos várias opções do mercado. Até que ele conseguiu se adaptar a uma delas. O problema era o preço. Por ser um produto com características especiais e com muita tecnologia de pesquisa, era muito mais caro que os leites tradicionais. E o João Pedro gastava mais de uma lata por semana. Com isso, o gasto com alimentação triplicou. E nada podia ser feito, não dava para buscar uma opção mais barata. Tivemos que ajustar o nosso orçamento familiar.

E as surpresas não são somente na área da saúde. Houve um ano em que a Duda, de um dia para o outro, perdeu boa parte das suas roupas. Parece que o botão do crescimento foi apertado na velocidade máxima. Tivemos de fazer uma compra maior de peças pro guarda-roupa dela. Para não comprometer o nosso orçamento daquele mês ou dos meses seguintes, acabamos por recorrer a outro hábito financeiro muito saudável. A reserva de emergência.

É um valor que fica aplicado para situações que não poderiam ser planejadas. É claro que os gastos com vestuário devem fazer parte do orçamento familiar, mas sempre na ideia de complementar algo necessário, que precisa ser substituído. No caso da Duda, precisamos substituir quase tudo!

E, nos meses seguintes, tivemos de apertar um pouco o nosso orçamento. O objetivo foi recompor a nossa reserva de emergência e garantir a tranquilidade para o futuro. Quem tem filhos sabe que as surpresas sempre aparecem! Muitas vezes, quando a gente menos espera.

Seguro de vida: vale a pena fazer?

A morte é um tema tabu, sobre o qual poucas pessoas gostam de conversar. Tudo o que se liga a ela parece entrar para o grupo dos assuntos proibidos. Seguro de vida, infelizmente, é um deles. Algumas pessoas chegam a dizer que nem querem pensar no assunto para não atrair fatalidades.

Fato é que a única certeza que temos na vida é a de que um dia morreremos. E precisamos nos preparar para esse momento, inclusive financeiramente.

Não podemos ignorar que, algumas vezes, a morte vem por acidente ou doença agressiva, muito antes do que gostaríamos. Nesses casos, nossa despedida trará um impacto profundo na vida das pessoas que amamos. Impacto emocional, claro, mas também financeiro, caso sejamos os provedores da família.

    E como podemos evitar isso? Com planejamento e organização financeira. Precisamos criar condições para que nossos entes queridos possam preocupar-se somente com sua recuperação emocional no dia em que partirmos. E o seguro de vida é um grande aliado nessa tarefa. Aliás, esse é exatamente o objetivo dele: garantir um conforto financeiro no momento de perda emocional muito grande.

Quando contratamos um seguro desse tipo, pagamos à seguradora um valor mensal (prêmio) e ela se compromete a pagar aos beneficiários por nós indicados um valor definido (indenização ou cobertura) em caso da ocorrência do risco contratado (morte ou acidente). A indenização do seguro de vida não entrará no processo legal de inventário e não está sujeita à cobrança de Imposto de Renda.

Por meio do seguro de vida, podemos garantir a realização de alguns objetivos que temos em relação aos nossos filhos. Eu e a minha esposa, por exemplo, fizemos um seguro de vida tendo um ao outro como beneficiários, bem no início da gravidez da Duda. O nosso objetivo era o de garantir uma boa educação para ela pelo menos até a idade adulta, aconteça o que acontecer.

O primeiro passo foi calcular o valor necessário para cobrir essas despesas. Olhamos o valor da mensalidade em uma escola no padrão que pretendíamos escolher no futuro. Também levantamos o gasto anual de material escolar. Com essas informações, foi possível calcular o valor da cobertura necessária. E acabamos escolhendo um seguro decrescente. A cada ano, o valor da cobertura cai. Afinal, cada ano estudado representa um a menos na vida escolar.

A cobertura básica de um seguro de vida é para morte natural ou acidental, mas coberturas adicionais podem ser contratadas para invalidez ou antecipação em casos de diagnóstico de doença grave. Nesse último caso, o segurado receberá ainda em vida a indenização e poderá ele mesmo garantir o destino do dinheiro.

Existem algumas seguradoras que oferecem seguros de vida em grupo, o que pode significar uma diminuição do valor do custo mensal. Há também no mercado seguros que permitem o resgate de uma parte dos prêmios pagos ao final de um período, caso não tenha ocorrido sinistro.

Diante de tantas opções, é importante procurar bem as informações sobre a empresa e o produto oferecido, antes de contratar o seguro. O futuro é incerto, mas podemos diminuir as incertezas. Principalmente para os nossos filhos!

Qual é a melhor coisa que os pais podem fazer pelo

futuro dos filhos?

A MELHOR COISA que os pais podem fazer pelo futuro dos filhos é garantir o seu próprio futuro. Vou explicar o porquê.

O maior sonho de todo pai e de toda mãe é o de que os filhos tenham um caminho brilhante pela frente. E buscam fazer tudo que está ao alcance para que esse sonho possa se tornar realidade. Tentam oferecer a melhor educação possível, garantir o desenvolvimento de várias habilidades adicionais, colocar em aulas de inglês, artes, esportes.

Mas todas essas atividades têm um custo alto. E muitas vezes o valor gasto com a educação dos filhos pressiona as finanças familiares. Fica impossível economizar para a realização de outros objetivos.

Mesmo para as famílias em que há sobras de recursos todo mês, se o foco da poupança for somente pros filhos, provavelmente faltará para outras coisas quando os gastos maiores vierem. É preciso lembrar que, ao longo dos anos, surgirão desejos mais caros, como conseguir recursos para a faculdade, a festa de 15 anos, uma viagem para Disney ou a compra do primeiro automóvel.

Em outras palavras: quando os pais escolhem ter o orçamento familiar com o foco principal de garantir o futuro dos filhos, eles deixam de lado o seu próprio futuro. Não sobram recursos para ser investidos visando à tranquilidade financeira na velhice.

Com o aumento da expectativa de vida, isso pode ser muito perigoso. Uma consequência é a incapacidade de fazer frente aos gastos típicos de uma idade mais avançada. A saída será contar com a ajuda financeira dos filhos. Mas isso pode se tornar uma responsabilidade maior do que eles aguentam carregar, principalmente se ajudar os pais for impossível dentro do seu orçamento familiar.

Antigamente, com famílias maiores, a ajuda poderia ser dividida entre os filhos. Hoje, as famílias são pequenas.

Eu, por exemplo, tenho dois filhos apenas. E é a realidade da maior parte dos meus amigos. No futuro, então, toda a ajuda para os pais teria de ser dividida pelos dois.

A jornalista Mara Luquet tem a mesma opinião. No livro "O Futuro é...", ela escreve:

"Se começar a tomar para si a responsabilidade de planejar a vida financeira de seu filho quando adulto, então sobrarão para você poucos recursos. E a sinalização para o seu filho será péssima. (...). Para o seu filho, o melhor é aprender com os pais o hábito do planejamento financeiro. Procure orientá-lo nesse sentido e já o ajudará muito".

Concordo plenamente. O melhor a se fazer é buscar o equilíbrio. Ajudar os filhos dentro das suas necessidades, mas respeitando um limite que não impossibilite o planejamento de um futuro mais tranquilo para os pais. Acredite: eles agradecerão um dia.

Este livro foi composto com as tipografias Foco e Eskorte Latin e impresso em papel couchê fosco noventa gramas no ducentésimo quadragésimo terceiro ano da primeira publicação de "A Riqueza das Nações", do filósofo e economista britânico Adam Smith.

São Paulo, março de dois mil e dezenove